Otto Keller, Sacha ond Sächla

Otto Keller

Sacha ond Sächla

Schwäbische Gedichte

Verlag Karl Knödler
Reutlingen

Bei der vorliegenden Ausgabe
handelt es sich um eine Neuausgabe der früher
im Adolf Bonz Verlag erschienenen Titel
„Sacha ond Sächla“ und
„Aus mei’m Mauganeschtle“

Printed in Germany 1978
Herstellung: Druckerei Harwalik KG, Reutlingen
ISBN 3-87421-071-5

D'r Schnupfer

Der Pfarrer von X. ischt a kreizbraver Ma,
mer hot scho sei Fraid an em, guckt mer 'n bloß a,
er ischt d' Güete selber, dees sieht jeder glei,
gilt's z' helfa ond z' schlichta, do isch er derbei. –
Ond guckscht uf sei Bäuchle, merkscht, der leid't koi Not,
der lebt sicher net bloß vom goischtlicha Brot!
Sei Näsle, sei Näsle, des fonkelt ond glüaht,
es leichtet ganz kupfrich ond knoschpet ond blüaht!
Vom Drenka? – Domms Zeigs, ja wo denksch' denn
au na?
Do dähtescht schwer Orecht dem prächticha Ma! –
Bei Leit, dia schtark schnupfet, kommt öfters dees vor,
so secht d'r Herr Pfarrer, ond no isch au wohr! –
Von Zeit zu Zeit kommt er ens Kroisstädtle nei
ond trifft sich mit seine Confratres beim Wei,
do wird debattiert ond wird politisiert,
nadierlich manch Fläschle derbei pokuliert. –
A ganz jonger Amtsbruader isch heit derbei,
er sitzt mit de andere 's erscht mol beim Wei,
der guckt onsrem Pfarrer sei Näsle halt a,
so lang, bis der schliaßlich von selber fangt a:
„Guckt oiner mei Nas a, denkt gwies er derbei,
dui isch net verfrora, – noi, dui kommt vom Wei. –
Bei andre vielleicht, – doch bei mir woiß e's gwies:
Bei mir kommt's vom Schnupfa, bei mir kommt's
vom Pries." –

Was schmonzlet dia Herra denn älle bloß so?
Mer hört bloß „hm hm", ond „no jo“, ond „so so“,
ond koiner so recht ebbes z'saga meh woiß,
ond schtill wird's ond schtiller em goischtlicha Krois. –
Der jonge Herr Pfarrer (a Schalk scheint mer's z'sei),
der füllt ganz bedächtich sei Gläsle mit Wei,
erhebt's zu sei'm Nochber ond secht lachend z'mol:
„Herr Amtsbruader, prosit, mer schnupfet nomol!“

Vor'm Uhralada

Es schtandet am a Uhralada
zwoi Mändla von a Johres vier;
daß se zwoi guata Kamerada,
des hent se bald bewiesa mir. –
I han nex Wichtichs zom verseima, –
i wart' dort grad uf d' Schtroßabah –
drom schtell e me so em geheima
dicht henter dia zwoi Bürschla na. –

I guck se a so von d'r Seita: –
Mit hoißa Auga voll Begehr
betrachtet se dia Herrlichkeita, –
o, wenn doch bloß dui Scheib net wär! –
Z'mol hör i jetzt da-n-oina saga:
„Dui Uhr dohenta, – dia g'hört mir.
O, des wär fei, wenn dia däht schlaga;
dui goldich vorna schenk' e dir.“

Ond se verdoilet emmer weiter, –
wia ganget doch dia Göschla gschwend! –
En fenf Minuta froh ond heiter,
dia Uhra, die em Fenschter send. –
Z'mol sag e: „Halt, ihr kloine Kerle!"
Se gucket schtarr an mir en d' Höh,
„Wenn Ihr so weitermachet, währle,
do bleibt für mi jo gar nex meh!"

Ond wia d'r Witsch ond ohne Bsenna,
se schliaßet mi beim Doila-n-ei,
ond offa sag e's, i han kenna,
mit meim Doil ehrlich z'frieda sei. –
Ond weil dia zwoi hent vor dem Lada,
beim Doila mi so reich bedenkt,
drom han e boide Kamerada,
– wia's sich so g'hört, – en Groscha g'schenkt. –

Ond älle Uhra send vergessa,
se gucket uf ihr'n Reichdom bloß,
ond älle boide deant me messa
mit Kenderauga, liab ond groß. –
Au i brauch mir nex weiter z' wenscha:
– Was hent net mir dia Kender gä! –
An dem Dag send von ons drei Menscha
zwoi reich ond oiner glücklich gwä!

Schtand fescht!

Schtand fescht, wia's au em Leba goht,
dees sei dei Wahlschpruch ond Gebot,
en äll ond jede Denga! –
Ond duat der 's Leba no so weh,
denk an dees Wort ond beiß uf d' Zäh',
no wirsch' dei Schicksal zwenga! –

Schtand fescht, denk net zu jeder Frischt,
weil du a rechter Kerle bischt,
der ander sei 's net mender!
's guckt mancher wia-n-a Engel drei, –
es fehlt em bloß d'r Heilchaschei, –
's schteckt doch a Lomp derhenter!

Schtand fescht ond wehr de deiner Haut,
ond wenn der's vor so Kerle graut,
– es kommet solche Schtonda, –
no mach a Fauscht em Hosasack,
ond zoig 's fei net dem Lompapack,
was du derbei empfonda.

Schtand fescht, Erfahrong macht de klug,
je meh' d' erlebscht an Lug ond Trug,
je besser kascht 's ermessa:
oi wahrer Freind, – verlaß de druf –
wiegt älle Fetzaberger uf,
ond läßt de viel vergessa!

A Obed-Schpaziergängle

Noch Feierobed isch 's mei Fraid,
gang i a bisle uf d' Haid,
do lauf e so en äller Ruah
em „Weißahof“ gemiadlich zua.
Em Laufa kascht do onterdessa
dees Elend uf d'r Welt vergessa,
do moischt, – laufscht so durch Flur ond Feld,
's wär nex wia Sonna en d'r Welt!

A Jedes hot sei Hauptpläsie,
ond, wia 's de andere, han 's au i,
für mi gibt 's gwies nex scheeners, – noi,
als wenn e solo ond alloi
em Obeds ganz gemiatlich bommel
ond mi derbei koi bisle dommel;
wia schmeckt no 's Obedschöpple guat,
ond wia dees d' Gsondheit schtärka duat!

Wia-n-i do neilich wiederom
gemiatlich von mei'm Bommel komm,
ond so an d' Doggaburg lauf na,
do sieh-n-e grad a Schtroßabah. –
Uf oimol isch 's do en me gfahra,
heit kennteschţ au en Schtadt na fahra.
Wia i dees denk, dui Schtroßabah
kommt en Bewegong ond fahrt a!

Worom, dees woiß i heit no net:
z'mol schpreng' e, schprengsch net, giltet 's net; –
i denk: Ha, dia holsch doch no ei! –
Ond ras' wia narret hentadrei!
Ihr liabe Leit, was muaß i schnaufa!
Doch woich giebscht net, denk i em Laufa. –
No heit denk i mit Schtauna dra,
wia-n-i so dapfer schprenga ka!

Vor lauter Schprenga halba dot,
mit Ach ond Krach ond Müah ond Not,
hol i den Karra schliaßlich ei, –
jetz, denk' e, muascht au vollends nei!
I mach en Satz, doch schpreng derneba. –
I han grad g'moint, jetz koscht 's mei Leba! –
I heb me fescht, so arg e ka,
ond schlag derbei mei Scheeboi na!

Zwoi Herra ziaget em Verei
mi glücklich en da Waga nei.
Do hock e endlich, liaber Gott,
vor Angscht ond Schrecka, halba dot. –
Mei Herz, des bockelt, net zom saga,
ganz brocha hock e drenn em Waga;
o jemine, o jemine,
was duaht mer doch mei Scheeboi weh!

Wia i derhoim em Sofa sitz
ond ällaweil no schnauf ond schwitz,
om 's Scheeboi kalte Omschläg mach,
komm i erscht zua mer ällsgemach. –
Jetz erscht han i mer saga kenna:
„Bei dir hot 's kracht em Schädel drenna,
do isch net bloß a Schräufle los,
noi, descht a Schrauf, so dick wia groß!"

Jetzt saget selber, liabe Leit:
zwoi Schtond lang lauf i uf d'r Haid,
han nex z' verseima ond nex z'doh,
han bloß mei hella Fraid dervo,
ond z'mol, als hätt' me oiner g'schtocha,
schpreng i mit meine alde Knocha
wia g'schuckt dem Waga hentadrei.
Ond büeß derbei schier 's Leba-n-ei!

Daß oiner bloß schpaziera goht
ond rei nex zom pressiera hot,
ond net amol uf d' Schtroßabah
auf fenf Minuta warta ka, –
des ischt a Fall, domm, ganz osäglich, –
ond doch passiert er xmol däglich! –
Mir nemme zwor, denn i denk dra,
so oft e sieh a Schtroßabah! –

Moral:

Ond hent er ’s no so arg pressant,
ihr Bürger, bleibet beim Verschtand
ond schtandet fenf Minuta na
ond wartet uf d’ nägscht Schtroßabah.
Ond send ’r gar schpaziera ganga,
om z’letschta so en Karra z’ fanga: –
wer so domms Zeigs macht – meiner Seel, –
isch, mit Verlaub au a Kamel!

Net verlega

A Bauer schprengt uf d’ Eisebah,
so daß er ’s kaum verschprenga ka,
grad langt ’s em no, ond wia-n-er sitzt
ond blost ond schnauft, ond schnappt ond schwitzt,
no secht ’r, wia halt Baura send:
jetz fahrt zom Deifel, – wenn er wend!

A Herr hot grad den Kraftschpruch g’heert,
ond secht, so halberlei empeert:
„Zum Teufel? – Ist das auch ein Wort?
Dann hielt er Sie gewiß gleich dort!“
Druf secht der Bauer: „Mi doch net,
i han jo a Redurbilliet!“

D'r verlora Kellerschlüssel

Beim Schreinerskarle Hurlebaus
isch donnderschlächtig Krach em Haus,
sei Weib, zom Oglück rei gebora,
da Kellerschlüssel hat verlora!
Em Keller, do liegt Moscht ond Wei,
ond d' Dier isch zua, – mer ka net nei!

D'r Karle zählt zu dene Leit,
dia 's Veschper meh als älles frait, –
em groBa ganza isch er, währle,
ganz gwiß a seelaguater Kerle,
doch, wenn er om sei Veschper kommt,
da wird fei net schlecht gschempft ond brommt.

Kurzom, er hot-a-n-Allmachts-Wuat, –
jetz, liabe Leit, send no so guat,
mer ka-n-en Schlüssel jo verlega
ond braucht net z' döbera derwega,
da Kellerschlüssel, sapperment,
wenn d' den verlierscht, – no hot's a-n-End!

Je meh d'r Karle schempft ond fluacht,
je meh sei Weib den Schlüssel suacht,
ond onter schtetem Donnderwetter,
do fahrt des Oglücksmensch, dia Kätter,
rom en de Schtubena: – O mei,
wo ka denn au der Schlüssel sei?

Se krempelt jeda Schublad om,
se schtiert en älle Wenkel rom,
en jedem Hafa, jeder Schüssel,
suacht d' Kätter noch dem Donndersschlüssel,
rutscht uf em Bauch rom, wo se ka,
ond haut derbei da Meckel na.

Se suacht bei Gott em ganza Haus,
schprengt fufzeahmol en d' Kuche naus,
se suacht en älle Kloiderdäscha,
se suacht em Ofa en d'r Äscha,
guckt onder's Sofa, onder 's Bett,
ond fendet doch den Schlüssel net!

Em Wäschdisch, henterem Ofarohr,
em Schpucknapf ond em Wäschlavor,
em „Viktor" ond em Kenderwaga,
wo se no suacht, isch net zom saga.
Jo, schliaßlich guckt se gar no gschwend
au no ens Häfele vom Kend!

D'r Karle, der bloß schempft ond schpuckt,
schreit z'mol: „Hosch au am Platz scho guckt,
am Schlüsselbrettle, schwätz doch, Kätter?"
Dui wia-n-a siedichs Donnderwetter,
schprengt naus en Ehrn, – z'mol schreit se froh:
„Wahrhaftich, Karle, er isch do!"

Druf secht se: „Wer hätt' dees au denkt!
Wer hot denn den bloß do na g'henkt?" –
Glei nemmt se hurtich, wia d'r Donnder,
da gröschta Kruag en Keller nonder. –
Do hot d'r Karle wieder g'lacht,
ond z'mol an anders G'sicht na g'macht!

Guat isch ganga

Der Schörschle goht en d' Schual 's zwoit Johr
es isch a Racker, jo, 's isch wohr,
er hot am Lerna net viel Gschpaß
ond sitzt weit hinta en der Klaß!
Doch möga muaß mer 'n oinaweg,
's Herz hot er uf em rechta Fleck,
ond isch d'r Mame doch ihr Soh;
des mit em Lerna macht sich scho!

Do neilich kommt er mittags hoim, –
ischt d' Schuel aus, isch 's em wohl, wia koim, –
er kommt zur Stubadiara rei
ond pfeift derbei hell d' „Wacht am Rhei"!
I frog en: „Wia isch ganga heit?
Hot de d'r Lehrer net verblait?"
Druf secht d'r Schörschle kreizvergniagt:
„Heit han e ‚bloß' zwoi Datza kriagt!"

Kenderträna

Wenn d' a Kendle greina siehscht,
gang net achtlos dra vorüber,
denn fir nex ond wieder nex
laufet koim Kend d' Auga-n-über. –
Moischt au, 's sei der Red net wert,
wenn oft Kenderträna fliaßet, –
wißtescht no oft, wieviel Loid
Kenderherzla traga miaßet! –
Neilich han e erscht ois gfrogt,
des e han uf d' Seita g'nomma,
onter Herzschtöß hot mer's klagt,
d' Mame däh „soo lang“ net komma! –
Wer ermißt den Seelaschmerz,
den des kloine G'schöpf hot traga?
Ond koi Mensch isch bei ehm gwä,
dem 's sei Loid hätt' kenna klaga! –
Hoimweh hot dem Menschekend
aus sei'm ganza Jammer g'schprocha,
noch d'r Mueder, ond derbei
isch em schier sei Herzle brocha. – –
Gelt, wenn d' wo a Kendle siehscht
leis für sich em schtilla weina,
gang net achtlos dra vorbei,
's kennt noch seiner Mueder greina! –

D'r Gradulant

's ischt oina von de alde Sitta
– se ischt fascht nemme Mode zwor: –
hot am Neujohrsdag d' Kirch ausglitta,
no wenscht mehr Glück sich zom Neujohr! –
De Jonge, dia deahnt sich „entheba“,
i be halt no vom alda Schlag,
ond was e g'wöhnt be 's ganze Leba,
bleibt au en meine alde Dag.
Kurz, i han d' Schtuba voller Menscha,
ond 's freit me emmer, 's isch au wohr,
wenn oim so d' Leit deahnt G'sondheit wenscha,
ond Glück ond Sega zom Neujohr. –
Au dia Leit send mer gern willkomma,
dia mer so net grad näher kennt.
Dia g'schäftlich äls ens Haus deant komma,
ond Aschpruch uf a G'schenkle hent. –
Der Butze*, der kommt zwor verschtohla,
weil der doch au sein Dahler mecht.
(Daß der koin Grond wißt, om en z' hola,
do kennet ihr mein Butze schlecht!)
Er kommt net extra z' gradeliera,
denn wia g'sagt, 's soll ond 's därf net sei,
doch ka 's ganz sicher koin scheniera,
b'sorgt mer dees so d'rzwischa nei. –
D'r Schtroßakehrer, d' Zeitongskender,
der G'sell, der oim 's Kamee äls fegt, –

* Schutzmann

am Werdichs kommt er em Zilender,
heit hat er sich a Kapp zuag'legt,
ond g'wäscha hot er sich, jo weger,
i han fei g'schtaunt, potz Element,
so blitzeblank, daß i den „Feger“
han faktisch an d'r Schtemm bloß kennt. –
Au d' Putzere, – zeah Johr bald kommt se –
ond wenscht halt Glück fürs ganze Haus,
's Johr durch bruddelt se ond brommt se,
ond ischt a Schendmärr oba raus. –
's ischt zom verwondra, wiaviel Menscha,
dia mer so gar net recht fascht kennt,
oim G'sondheit, Glück ond Sega z'wenscha,
am Neujohrsdag 's Bedürfnis hent. –
Wenn mir von äll dem Glück ond Sega
der Hemmel bloß en Doil bescheert
em Johr durch, – no isch meinetwega
dees scho a paar Mark Drenkgeld wert. –
Jetz isch gottlob der letschte ganga,
mei Mädle brengt grad d' Suppa rei,
grad will e noch em Löffel langa,
schtellt no a Gradulant sich ei,
ond zwor a zemlich dicker, kloiner,
den ha e kennt, ond doch net recht,
i denk, 's isch von de G'sella oiner,
der au halt gern sei Drenkgeld mecht.
I gib em au, wia jedem andra,
sein Dahler, – er bedankt sich schee,

scho will er wieder weiter wandra,
ond secht recht freindlich scho adje, –
no sag e z'mol: „I kenn Se freile,
bloß fallt mer 's em Moment net ei,
i b'senn me drüber scho a Weile,
wer eigedlich Sia kenntet sei?" –
„Sia kennet mi net, – descht a Gschpäßle",
secht der verwondert ganz gedehnt,
„i be der Schorsch vom Bronnagäßle,
der äls Ihr Wägele verdlehnt!"

D'r Schwob

Guat isch d'r Schwob, wia selta-n-oiner,
an Gmüatsruah übertrifft en koiner,
empfendlich isch er wahrlich net,
au wenn er älla Grond oft hätt'!

Bloß ois, des ka-n-er net vertraga,
zur Warnong will e 's jedem saga:
Er wird ganz narret ond empört,
sobald mer 'n an sei'm Veschper schtört!

Ausmarsch

Es trappt ond klappt em Schritt ond Tritt
ond älles schprengt ond drängt sich mit,
    Soldata ausmarschieret.
D' Musik schpielt bum ond tschingdera
ond Gloria Viktoria
    ond d' Schpielleit d' Trommla rühret.

Ond älles schprengt an d' Fenster na
ond wenkt, so lang mer wenka ka,
    wann kommet se wohl wieder? –
Ond henter mancher Fenschterscheib,
do rollet manchem jonga Weib
    de hoißa Träna nieder!

Wia viele, viele send scho naus,
d'r Kriegslärm tobt johrei, johraus,
    ond will halt net verschtomma. –
Wia mancher, der mit frohem Muat
heit lacht ond sengt ond scherza duat,
    wird nemme wiederkomma!

Jetzt schwenket se en Bahnhof nei
ond älles drängt sich henterdrei,
    wer möcht's en au verwehra?
En Händedruck, en Kuß no g'schwend:
„Leb wohl mei Weib, bhüet Gott mei Kend –"
    ond zua send d' Barriera!

Es schtoht d'r Zug scho onter Dampf,
der fort se führt en Tod ond Kampf,
bald send se au verlada.
A Schroi aus taused Kehla raus,
a greller Pfiff, – d'r Zug fahrt naus –
Gott schütz Euch, Kamerada!

Du liaber Gott

's kloi Liesele, dui goldich Krott,
secht ällaweil „Du liaber Gott!"
Ob se verschrickt, ob se sich frait,
se secht's bei jeder G'legaheit.
Ond wenn se sich verwondert hot,
no secht se au: „Du liaber Gott!"
Bis endlich d' Mama secht: „Du, Kend,
dees sechscht fei nemme, deescht a Send!"

Do neilich schneit's, was ronter ka,
dia Kloi nadierlich frait sich dra,
z'mol secht se: „Mama, siehsch den Schnee?
Hot ‚der do droba' wohl no meh?" –
„Ob ‚der do droba' no meh hot?
Do secht mer doch der liabe Gott!"
„Des woiß e", secht des Kröttle g'schwend,
„doch hosch jo g'sagt, es sei a Send!"

D'r Frieder ond sei Glatz

D'r Frieder hot a Glatza ghet,
so glatt als wia-n-a Nudelbrett.
Dees hot en manchmol arg scheniert,
scho weil 's en so an Schädel friert;
drom secht er zu sei'm Weib mit Lacha:
„I laß mer a Perückle macha!"

Ond richtig goht er zom Friseer.
Der richtet onsern Frieder her,
der macht em a Perück so schee,
mer kennt da Frieder fascht net meh;
ob d' guckscht von vorna oder henta,
sei Glatza kascht netzt nemme fenda.

Nadierlich seine Freind hent g'lacht
und hent brav ihre Gschpäßla g'macht,
doch wia se 'n lang gnug gschtichelt hent,
no hent se z'letschta sich dra g'wehnt, –
se hent em Lauf der Zeit endessa
sei Glatz ond sei Perück vergessa!

So goht des Deng scho etlich Johr,
d'r Frieder, schtolz uf seine Hoor,
isch froh, jetzt hot er jo sei Ruah,
ond warm am Riebel no derzua,
ond dobei scheint der eitel Denger
fascht om a Dutzed Jährla jenger!

Do neilich hockt er grad beim Wei,
do kommt a-n-alter Schpezel rei,
der hot a Fraid, mer sieht's em a,
ond hockt au glei zom Frieder na;
no wird verzählt von alde Daga,
ond jeder woiß halt ebbes z'saga!

Nadierlich hent se, wia sich's g'heert,
vor Fraid gar manche Schoppa g'leert.
Der oine schenkt am andra-n-ei,
se meget boide arg da Wei, –
so hocket halt dia guate Seela
ond deant brav drenka ond verzähla!

So kommt der Obed, d' Nacht bricht rei,
ond boide hocket no beim Wei,
mit dicke Schädel, rot ond hoiß,
bis koiner nex me z' schwätza woiß,
no deant se erscht ans Hoimgeh denka, –
's gibt so wia so bald nex meh z' drenka!

Potz Donnder au, was isch denn des?
Der gute Frieder wackelt bees,
sei Freind macht Äugla, – liabe Leit! –
Grad wia-n-a Goisbock, der sich frait.
Se lasset d' Köpf ond d' Glieder schlottra,
ond mit de Füaß deant boide schtottra. –

Se wacklet boide naus auf d' Schtroß,
d'r oi läßt net da-n-andra los. –
Z'mol duats en Pflompfer, jeminee,
ond boide schtrecket d' Füaß en d' Höh! –
Em Frieder ischt derbei em Boga
Kapp ond Perück zom Deifel g'floga!

Ond wia d'r Frieder schempft ond fluacht,
ond sei Perück em Donkla suacht,
do langt sei Schpezel zua-n-em nom,
ond fahrt em uf d'r Glatza rom.
Z'mol secht er, ond fahrt z'rück wia bissa:
„Du hoscht d'r net schlecht d' Hos verrissa!"

Rot

Guck net blooß an Menscha nuf,
weil se Rang ond Titel hent,
acht' a bisle schärfer druf:
wia se au von Herza send. –
Mancher drächt en Nama grooß,
moit, daß der 'm älles deckt, –
guck 'm henter 's Bruschtduach blooß,
merk'sch bald, was derhenter schteckt.
Liaber isch mer, der em Dreck,
z'henterscht en d'r Roiha schtoht,
hot 'r 's Herz am rechta Fleck,
wia-n-a Grof, der gar kois hot.

Uf d'r Jagd

Mei Freind, a Jäger vor dem Herrn,
der woiß, i iß halt Hasa gern,
der macht mer dann ond wann den Gschpaß,
ond brengt mer zeitaweis en Has;
er hot mer au scho oft koin geba,
er schiaßt mitonder au derneba,
doch wia g'sagt, trifft er hie ond do,
was ben e ällamol so froh!

Do neilich hocket mer zelband
ond schwätzet so von ällerhand.
Wia d' Red kommt uf da Jägerschport,
do führt mei Freind glei 's große Wort:
koi oizger Schport geng über's Jaga,
dees sei so schee, 's sei net zom saga,
ond treffa däh er, jeminee,
ob Hasa, Hirsch, ob Füchs', ob Reh!

Mei Freind isch fei a-n-Ehrama,
dem gwies mer älles glaube ka,
doch kommt er en a Jagdgschpräch nei
frog i mi oft: Ja, ka 's denn sei?
Isch dees wohl sicher älles richtich?
Ond macht er sich net gar bloß wichtich? –
Doch woiß e jo, a Jägersma
lüagt überhaupt koin Menscha-n-a!

Kurzom, uf oimol hot er g'sagt:
„Narr, 's nägschte mol goscht mit uf d' Jagd,
no kriagscht a bißle a-n-Idee,
wia 's Jaga-n-ischt so g'sond ond schee.
Ganz gwies, es macht au dir Vergnüaga,
a G'wehr kascht au von mir no kriaga,
moi, was du fir a Fraid bloß hättscht,
wenn d' gar no ebbes treffa dätscht!"

Kurz: i sag jo, ond denk bei mir,
von wegem „Treffa" zoig e 's dir,
wo i doch scho als jonger Mann
an jeder Schiaßbud g'schossa han!
Heit han e no en Schtolz, potz Donnder,
dia Kugel, dia so ruf ond ronter,
hopft uf em Wasser, – han e bald
bei jedem Schuß schier zeemaknallt!

Am Samschdich morga, hoißt's, goht's a,
mer dreffet früah ons an der Bah,
's isch Nacht no gwä ond bitter kalt,
i denk: Was duah denn i em Wald,
i Sempel, so en äller Bälde,
ond au no bei der Allmachtskälte?
I komm em Rucksack, mit em G'wehr
ond kalte Füaß an Bahhof her!

Mei Alta, dieses Engelsbild,
hot mir mit Schnaps mein Budel g'füllt!
O Weib, daß dia Idee hosch ghet,
vergiß e d'r mei Lebdag net! –
Zerscht han e noch mei'm Budel griffa.
Ond han emol oin herzhaft pfiffa.
Was schmeckt a Kirschagoischt so guat,
wenn's oin so elend friera duat!

Zwoi Schtond lang fahrt mer mit der Bah,
bis daß mer endlich kommet a,
no goht's berguf, bergabe z' Fuaß,
ihr Leit, was i do schnaufa muaß!
Z'mol ben e, – i sott 's schier net saga,
da langa Weg en Dreck nei g'schlaga.
So donndermäßich, sag e eich,
i han grad gmoit, i sei a Leich!

Zom Wonder drag e nex dervo,
mei'm Budele hot's au nex doh.
Des hätt' no g'fehlt, – o jesses au! –
No wär e hoim zu meiner Frau! –
G'schempft han e freile wia d'r Blücher,
de andere hent g'lacht wia d' Viecher. –
Wia send doch d' Menscha schadafroh,
denk i, ond reib me am – – no jo!

No, han e denkt, jetzt sei ’s wia ’s will,
gottlob, jetzt semmer jo am Ziel,
druf hent se mi, ’s ischt onerhört,
wahrhaftich z’erscht da „Aschtand“ g’lehrt.
Se deant me, kascht do au meh schwätza,
em tiafschte Wald ens Dickicht setza,
ond saget, – mir verschlächt ’s bald d’ Red, –
daß mer dees „Aschtand“ hoißa däht!

A Schtond lang hock e so alloi,
ond frier derbei durch Mark ond Boi;
’s isch rengsom älles mäuslesstill,
ond wia-n-e grad oin drenka will,
do sieh-n-e am a Busch do dromme,
ich glaub en Has durch ’s Dickicht komma,
i reiß mei G’wehr an Backa, – ond,
z’mol bellt der Has – ond isch a Hond!

Gottlob, daß i net g’schossa han!
Heit gruselt’s me no dann ond wann:
mei’m Freind sei Hond, – des wär a Gschpaß,
hätt’ i den g’schossa für en Has!! –
No, schliaßlich wär jo au no z’ hoffa,
daß i dees arg en Froge g’schtellt, –
’s isch besser, er hot vorher bellt!

Lang sirml'e no so vor me na,
ond denk bei mir, was fangscht jetzt a?
Gähnt han e äls vor Langaweil –
o Jägerluscht, – o Waidmannsheil! –
Z'mol han e aber d' Auga grieba,
was isch denn dees do henta driba?
Z'erscht han e gmoit, es sei a Traum:
a Rehbock schtoht do am a Baum!

I halt potz bluascht da-n-Odem a
ond nemm mei G'wehr, so leis e ka,
i ziel, i druck, schiaß noch em nom,
hurra, der Rehbock hagelt om! –
Was han e g'sagt, von wegem Schiaßa?
Ihr werndt doch mir nex saga miaßa!
Wo i doch scho als jonger Mann
an jeder Schiaßbud g'schossa han!

I hang mei G'wehr na an en Ascht,
ond mach vor Fraid en Luftschprong fascht,
i schrei „Hallali", was e ka,
ond schpreng glei zu mei'm Rehbock na,
jetzt han e bloß no a paar Meter,
was isch denn dees, zom Donnderwetter?
Z'mol rappelt sich dees Viech en d' Höh, –
ond i sieh von mei'm Bock nex meh!

Mei G'wehr hangt dromma-n-an dem Ascht!
I moi, vor Wuat verplatz' e fascht.
Z'mol denk e, den holsch doch no ei,
ond schpreng dem Sauviech henta drei.
Ihr liabe Leit, was ben i g'loffa,
es hot me schier a Schlägle troffa,
i wär bei Gott no weiter g'rennt,
no lauf e grad mei'm Freind en d' Händ!

Ond wia-n-em odemlos dia G'schicht
en äller Eil ganz schnell bericht,
no schtellt sich dieses Rendviech na
ond lacht me aus, so arg er ka. –
Kurzom: Daß i den „Bock" han g'schossa
des hot mer's Jaga schwer verdrossa!
Niameh, – uf Ehrawort sei's g'sagt,
sieht mi a Mensch meh uf d'r Jagd!

D'r Sammler

D'r Mäxle – 's isch a Freind von mir –
a Johres achte isch er schier,
des isch a „Sammler": was er sieht,
ond neamerts g'hört, des nemmt er mit:
was er nur irgend au duat fenda,
dees woiß er irgendwia z' verwenda,
uf jeda Fall, was au mag sei,
er schiabt's en d' Hosadascha nei!

Es hot me oft scho entressiert,
was der net älles bei sich führt,
drom wia-n-er me do neilich b'suacht,
ond ebbes en de Tascha suacht,
ond langt en d' Säck nei (ohne g'loga),
so diaf, bis zu de Elaboga,
do sag e zu-n-em: „Mäxle, komm,
do, leer amol dia Tascha-n-om!"

D'r Mäxle guckt ganz ernschthaft drei,
no aber langt er herzhaft nei;
i han fei g'schtaunt, potz sapperlot,
was der net älles drenne hot:
a Schtickle Schnur, a-n-alda Feder,
a Kreida ond a Fetzle Leder,
en Gommireng, en Fedrakiel,
ond 's Herz-Aß vom a Kartaschpiel,

a Messer, ohne Klenga dra,
a Kämmle mit 'm-a goz'cha Zah,
a Schnurrbartbürscht, a Deckelschneck,
a Lichtle, a Schtück Bäradreck,
a Brillag'schtell, a-n-Uhrafeder,
vier Nägel, a Schtück Santimeter,
zwoi Schtückla Glas, ois grea, ois blau,
a Sackduach, – brrr, – dees hot er au!
En alda Schlüssel ohne Bart,
en Griffel ond a-n-Asichtskart,
a Schtückle Sieglack, no a Schnur,
a Glöckle von r' a Weckeruhr,
en Breckel Gips, a Messengschildle,
a Schnurrbartbende ond a Bildle,
en Dänzer ond a Hasapfot,
a Zahbürscht ond sei Veschberbrot,
a Mondharf, die zwor nemme duat,
en alte Bendel vom-a-Huat,
zwoi Pfenneng em a Portmannee,
a Schpiegele, wo 's Glas isch hee,
acht Steinis, ond a bißle Wolla,
en Pfropfer ond a Fadarolla,
ond z'letschta ziagt 'r, was e sag,
sogar en Schnille aus 'em Sack.

Wia schad, daß so-n-a Buabahos
hot moischdadoils zwoi Tascha bloß,
was wär dees für da Mäxle nett,
wenn dem sei Hos sex Tascha hätt,
denn Sacha hätt 'r bald für jeda,
's gibt jo no viele Raritäta,
dia zu sei'm Schmerz der kloine Ma
en zwoi net onterbrenga ka!

A klois Erlebnis

Do neilich, do lauft mer a Bürschle en d'Händ,
a ganz kloiner Schtemper, der schluchzget ond flennt;
em Bopserwald droba lauft der an me na,
i guck mer den Quackes ganz mitleidich a:
en Oniform isch er, – dia schtoht em erscht guat! –
Derzua drächt des Male en feldgraua Huat,
d'oi Seita en d' Höh klappt, en Schturmreama dra,
oms Bäuchle a Koppel, – ond heult, was er ka!
„Ja, Freindle", so frog e'n, „was isch denn mit dir?"
Er ka fascht nex schwätza, so schtoht er vor mir,
mit Müah ond mit Not breng i aus em raus, –
er häb sich verirrt, wiß net ei ond net aus. –
I tröscht en nadierlich ond nemm en an d' Hand,
beim Hoimlaufa schwätzet mir zwoi mitanand'
ond dobei verzählt m'r des Male uf Ehr,
daß er bei Jong-Deutschland a „Pfadfender" wär!

D'r fleißich Gottliab

D'r Gottliab, liabe Leit, descht oiner,
wia der se plogt, so plogt se koiner,
was der net schafft em ganza Johr, –
er ka oim loid doh, – gwies, 's isch wohr.
Bloß hot's mitonder au en Hoka,
er däht se oft no ärger ploga,
es fehlt em net an Fleiß ond Muat,
bloß duaht em 's Schaffa net recht guat!

Gern schtänd er uf äls scho vor Daga,
doch fallt em no d'r Schlof en Maga,
drom brengt er 's Opfer, bleibt em Bett,
trotzdem er so gern uffschteh däht. –
Er muaß so nötich en sein Garta,
ond ka 's äls beinoh net verwarta,
bis 's halber achte g'schlaga hot, –
no schtoht er uf, – ond wär's sei Dod!

Da Kaffee hot er bald äls dronka,
er duat jo bloß vier Hörnla donka,
ond vor em Fortgeh nemmt er moischt
äls bloß no gschwend en Kirschagoischt;
doch no goht's naus en 's Koppatäle,
descht fei a weiter Weg, u jele!
Ond dobei isch er no schlecht z' Fuaß,
was Wonders, wenn er schwitza muaß?

Er mecht se net grad gern verkälta,
ond 's duat sich au d'r Honger melda,
drom hockt er nei en 's Gartahaus
ond packt amol sei Veschper aus.
's hot so grad halber zehne g'schlaga,
drom schmeckt em au sei Schwartamaga,
ond wia-n-er domit isch am End,
no schtoht er uf ond schpuckt en d' Händ.

Er hot koin Durscht meh ond koin Honger,
drom fahrt er drei, grad wia-n-a Jonger,
er dät am End vielleicht no meh,
doch duat am halt sei Kreiz so weh. –
D'r Gottliab ka se so schlecht bucka,
er hot's sei Lebdag scho em Rucka. –
Gottlob, 's schlächt elfe, jetz isch Zeit,
i moi, es sei au gnuag für heit!

Er möcht zur Zeit zom Essa komma,
drom hot er seine Krätta gnomma,
dia-n-er bis oba na g'füllt hot,
mit Rädich, Sellre ond Salod. –
Dia Krätta send fei schwer, potz Donnder,
er brengt se kaum da Buckel ronter,
drom denkt er onta: – 's bescht wird sei,
da goscht zom Schtapfa-Heiner* nei! –

* In früherer Zeit eine bekannte Weinwirtschaft in Stuttgart.

D’r Gottliab hot’s oft so em Maga,
er ka da Wei erscht recht vertraga,
ond hot da rechte G’nuß dervo,
wenn isch a guata Grondlag do;
drom läßt er sich vor älle Denga
amol a Bärle Brootwirscht brenga,
dia druckt er sachte en se nei
ond drenkt derzua sei Schöpple Wei.

Ond so beim Drenka-n-ond beim Essa,
do hot er ’s Hoimgeh schier vergessa. –
A bißle hot sei Kätter brommt,
weil er so schpät zom Essa kommt;
do duat d’r Gottliab sich empöra:
er häb net zwelfe schlaga heera,
ond dobei dä sei Uhr no schteh! –
Isch dees a Jauner, – kascht do meh?

Am Essa schtupft er no so ommer,
sei Maga, secht er, mach em Kommer,
es schmeck em ’s Essa gar net meh,
was duat dees doch sei’m Weib so weh!
„O Gottliab, ’s wurd d’r doch nex fehla,
da muascht de au net gar so quäla.
Woischt was“, so secht se, „liaber Ma,
gang, leg de uf da Sofa na!“

D'r Gottliab duats, ond legt se nieder,
er secht, er schpür's en älle Glieder. –
Doch wia-n-er g'schlofa hot zwoi Schtond,
no isch er beinoh wieder g'sond! –
„Woischt was, jetzt wäsch e me ond kämm me,
zom Schaffa lohnt's fir heit jo nemme,
i gang en 's Träuble uf a Schtond,
i glaub, dees macht me wieder g'sond!"

Er goht, ond richtich, i muaß saga,
er hot dia Kur ganz guat vertraga,
bei jedem Schoppa, den er packt,
do wurd 's em besser, hot er g'sagt. –
A Nierabrätle duaht no Wonder,
jetz isch d'r Gottliab g'schtellt, potz Donnder!
D'r Maga duat em nemme weh,
es fehlt em überhaupt nex meh!

No goht er hoim zu seiner Kätter,
dui moit, zwor besser ausseha däht er,
bloß hot se Angscht, daß morga halt
d'r Schlof em en da Maga fallt,
ond daß er wieder hot so Schmerza
em Kreiz, em Maga ond am Herza!
No manchmol seifzt se en d'r Nacht,
weil ihr der Ma so Sorga macht!

Muederglück

Onser Heinerle, descht oiner,
so oin fendescht nemme bald!
Descht a herzich liaber Kloiner,
achtzeah Monat isch er alt.
Bäckla hot er grad wia d' Rosa,
rot ond samtichwoich ond dick,
nägschta Grischdag kriagt er Hosa,
onser liaber, kloiner Schtrick!
Bitte, bitte, macht des Bürschle,
wenn er gern a Guatsle hätt.
Laufa kan er wia-n-a Hirschle,
bäbbera duaht er goldich nett!
's Köpfle hot er voller Löckla,
wia von Seide, – 's isch a Pracht,
ond zwoi Grüabla en de Bäckla,
grad wia nag'molt, wenn er lacht.
Ärmla wia zwoi Butterbälla,
dick ond woich ond kugelrond,
messa duaht er grad a-n-Ella,
ond wiegt über zwanzich Pfond. –
Wenn er schloft, der kloine Bengel,
isch er doch so liab ond nett,
grad als ob a kloiner Engel
en dem Bettle liega däht.
Zähla hot er en sei'm Mäule
Schticker sexe, weiß ond schee,

Ond i glaub fascht, em a Weile
nemmt er au koin Schnille meh!
Ond no vieles ka ond duaht er;
’s sei der liabscht halt uf der Welt, –
ond i glaub’s, – ’s hot’s jo sei Mueder
mir voll Glück ond Schtolz verzählt . . .
Kender send a Gottessega,
Leit, dia koine hent ond wend,
send se no so reich meitwega,
wisset net, wia arm se send!

A schwerer Fall

D'r Hannes, d'r duaht seine Bira heit ra,
moi des send d'r Bira, so guat, net zom sa!
Er bricht's mit de Händ, narr, zom schüttle send 's z'schad,
drom schtellt er a mordslanga Loiter parat!

Daß jo nex passiert, secht zom Frieder er: „Komm,
du hebscht mir dui Loiter, sonscht hagelt se om,
moi, des däht en Pflompfer, käm i oba ra,
i däht d'r fei net schlecht da Ranza verschla!"

D'r Hannes, der krebselt dui Loiter jetzt ruf,
d'r Frieder stoht onta ond guckt zua-n-em nuf,
oi Bir om de ander en d' Krätta kommt nei,
d'r Frieder hebt d' Loiter ond duselt schier ei!

Scheint's hot sich d'r Hannes a bißle z' arg g'schtreckt,
uf oimol, potz Donnder, rutscht d' Loiter ond gägt,
z'erscht hagelt der Korb mit de Bira, – o mei,
d'r Hannes schreit: „Heb me!" ond kommt henta drei!

D'r Frieder, 's isch gwies wohr, hot doh, was er ka,
jetzt guckt er voll Schrecka des Oglück sich a,
d'r Hannes liegt do, – haut ond deitet net meh,
er schwätzt nex ond schnauft net, – i glaub er isch hee!

Do schprengt onser Frieder voll Schrecka-n-ond Graus,
ond ruaft schnell sei'm Weib, seiner Kathrena, raus:
„Breng Wasser, breng Wasser!" – Was ka denn do sei?
Denkt dui, denn sonscht schreit er om Moscht bloß
ond Wei'!

O jesses! D'r Hannes! Der liegt do em Gras!
Koi Schnauferle duaht er meh, ond isch so blaß,
do läßt se oin Schroi om da-n-andere naus.
„O Frieder, i glaub, mit em Hannes isch aus!"

No schpritzet em boide kalt Wasser en 's G'sicht; –
doch der duaht koin Muckser, isch des net a G'schicht!
„O Herrgott, wenn du no a-n-Oiseah hättscht,
ond wenn de da Hannes bloß ufwecka dähtscht!"

Ond wia s' en so reibet ond wäschet, – juhe! –
do schlächt onser Hannes z'mol d' Auge-n-en d' Höh,
ond wia-n-er so langsam da Frieder erkennt,
do secht er: „Du Rendviech!" ganz leis ond gedehnt.

D'r Frieder, der isch schier koi Mensch meh vor Fraid,
„Kathrena, hosch g'hairt, was der Hannes hot g'sait?"
En dankbara Blick er zom Hemmel erhebt,
„Gottlob, er isch bei sich, er kennt me, er lebt!"

Nex isch gwä

Wer kennt wohl net da Fritzle Kraus?
Des isch a Jauner obaraus,
er schteckt mit Lompareia voll,
ond treibt's mitonder schiergar z'doll.
Sei Mueder duaht saumäßig schwer,
ond haut a freile manchmol her,
doch ka se macha, was se will, –
erreicha duaht se doch net viel!

Er goht en d' Schuel scho 's dritte Johr,
ond 's isch a Spottschand, doch 's isch wohr,
au en d'r Schuel, du liaber Gott,
hot d' Lehrere ihr liaba Not.
Für so en wilda Galgaschtrick,
do wär's wahrhaftig doch a Glück,
hätt' der en Lehrer ernscht ond schtreng,
schtatt so a jong's ond zaghaft's Deng.

Do neilich, mittla-n-en d'r Schtond,
do treibt's der Schlengel wieder z'bont,
er paßt net uf, schwätzt, hockt net schtill,
's Freilein ka macha, was se will. –
Jedoch uf oi mol wird's er z'domm,
drom secht se: „Fritz, du gohscht do nom
sofort jetzt zom Herr Lehrer Frey,
holsch d'r zwoi Datza, aber glei!"

Er goht, doch fallt 's em freile schwer, –
wenn's no scho überschtanda wär! –
Ond wia-n-er schtoht vor 's Lehrers Dier,
do fallt em 's Herz en d' Hosa schier. –
Jetz isch er drenn, d'r beese Schtrick,
doch augablicklich kommt er z'rück,
goht an sein Platz, keck ond leschär,
ond macht a G'sicht, wia wenn nex wär!

Ond em Herr Frey druf en d'r Paus,
klagt's Freilein über's Fritzle Kraus:
„I han en, weil er sich net schickt,
drom heit zum Datzahola g'schickt."
„Zu mir", – verwondert frogt Herr Frey,
„der hot bloß g'frogt, wia schpät daß sei, –
Sia möchtet's wissa, – ond isch fort.
Vom Datzagä woiß i koi Wort!"

Dees schlächt em Faß da Boda-n-aus,
du kascht de fraia, Fritzle Kraus! –
Ond kaum isch d' Veschperpaus vorbei,
do muaß er nomal zum Herr Frey;
der b'sorgt's em Fritzle für sei Lischt,
ond secht em g'nau, wia schpät daß 's ischt!
Er kommt mit Auga, dick ond rot, –
jetzt woiß er scheint's, was 's g'schlaga hot!

Em Dampes

A Wengerter, – ka's anderscht sei? –
Der mag da Moscht, ond au da Wei.
's Schtompfrocka-Frieder, wia 's so goht,
do neilich fescht oin blosa hot. –
Wer mecht's em schliaßlich au verdenka,
jetz wo mer duaht da Neia schenka!
D'r Neie, grad so richtich räs,
schmeckt halt so guat zum Bachschtoikäs,
was Wonders, wenn er kreizvergniagt
zom Schluß en Allmachtsballa kriagt?
Ha no, denkt sich 's Schtompfrocka-Frieder,
wann wachst wohl so a Neier wieder?
Erscht uf em Hoimweg, sapperlot,
do merkt er, wia-n-er glada hot,
o heilig's Blechle, jetz wird's Dag,
der hot net schlecht da Zongaschlag!
So schiabt er sachte hoim em Boga,
ond wär om's Hoor en Dreck nei gfloga!
Zom guata Glück isch nex bassiert,
sei Alta freile räsonniert:
„Du gfallsch mer" – secht se – „liabe Zeit,
sag, schämscht de du net vor de Leit?
Mer schwätzet morga weiter drieber" –
ond deixelt a en d' Schlofschtub nieber!
Der Frieder haut ond deitet net,
bloß wia-n-er grad will en sei Bett,
no secht er: „Alta, helf mer, komm,

dui Bettlad danzt em Krengel rom!
Gang, heb des Luader doch, potz Donnder,
sonscht hagl' e jo derneba nonter!"
Was will se macha, narr se duat's,
„So!" secht d'r Frieder guata Muats;
er macht en Satz, hot's au verwischt:
boms liegt er drenna en d'r Kischt!
Er schtreckt sich, gäzget ond secht g'lassa:
„So, Alta, jetz kasch surra lassa!"

Gschpaß

Do neilich komm' e grad derzua,
wia so-n-a Racker vom a Bua,
en Kamerada wia net g'scheit
mit älle boide Fäuscht verblait. –
Der wehrt se freile, was er ka,
ond haut em ois an Backa na,
kurz, se verschlaget sich net domm,
ond warglet uf em Boda rom! –
En soma Fall, wia der do ischt,
ben i, – i bschtand's, – a Pazifischt,
kurz, mit ama „Potz Element"
mach i der Keilerei a-n-End. –
Doch secht zua mir der Donndersbua:
„Jetzt lasset Se ons doch en Ruah",
– ond ärgert sich derbei scheint's baß, –
„mir boide machet doch bloß ‚Gschpaß'!"

Em Hippodrom

Em Hippodrom, ihr liabe Leit,
wer do bloß zuaguckt, hot a Fraid!
Koi oizichsmol verseim i's drom,
so oft e äls uf's Volksfescht komm.
Es wird oim do so vieles botta:
Schießbudena, ond Hottentotta,
dia Feier fressat, Menaschriea,
do wird trombetet ond wird g'schriea,
Soildänzer, Käschperlestheater,
dressierte Hond, dressierte Kater,
Schiffsgautscheza ond Riesadama,
wer zählt dia Völker, nennt dia Nama,
Rutschbahna ond no viel dromrom, –
's scheenscht aber isch doch 's Hippodrom!
Moi, descht a Gaude, kommsch' do rei!
Z'erscht fliagt d'r Dreck en d' Auga nei,
da siehsch' dein Nochber kaum, so schtaubt's,
wer oimol drenn isch gwä, der glaubt's.
D' Kapell, dia schpielt, 's isch zom Entzicka,
do wird trombetet, ond wird gigga,
sechs Gäul galöpplet hentranander,
d'r oi no lahmer, wia d'r ander,
d'r Herr Direktor em Zilender,
der isch fei mit d'r Peitsch derhenter,
ond Reiter sieht mer do, potz Donnder,
de reinschte Kawalür send dronter!

Do, mei Balbutze! Sapperment!
Der hot sich extra Locka brennt!

Guck no, do reitet jo, potz Blitz,
dia rot Verkaifere vom Tietz!
Se gibt sich donndermäßich Miah,
(mer sieht 'r d' Wada bis an's Knia)!
Derhenter, jo du liaber Hemmel,
wer isch denn dees do uf dem Schemmel?
Descht jo d' Frau Metzgermoischter Gentner,
bei Gott, mit ihre dritthalb Zentner!
Was schwitzt ond blost se uf dem Dierle!
Da Buckel nonter hangt 's Frisierle,
d'r Huat hockt schäbs ond will net halta,
d'r Rock blitzt mit 'r broita Schpalta,
ond droba hockt se krottabroit, –
was duat mer doch dees Gäule loid!

Ond dort, – i be net schlecht verblüfft, –
galöppelt 's Kuhnles jengschter Stift;
's Geld holt des Bürschle fir den Gschpaß
nadierlich aus d'r Portokaß. –
Dees, wenn e däht sei'm Alta saga,
der däht 'm net schlecht 's Fell verschlaga. –
Derhenter aber reitet oiner,
so guat, wia 's der ka, ka's sonscht koiner,
der zoigt sich vor sei'm Schatz, d'r Nana,
daß er hot deant bei de Ulana

ond ’s Rickele, dia henta reitet,
ond d’ Nana om ihr’n Schatz beneidet,
denkt, sieht der, wia-n-i reita ka,
no guckt ’r d’ Nana nemme a!

Uf oimol grillt ’s ganz Publikom,
z’erscht woiß mer gar net recht, worom, –
d’ Frau Metzgermoischter liegt em Sand,
schtreckt d’ Fiaß en d’ Höh ond ällerhand.
Des hot en Pflompfer doh, potz Donnder,
wia dia kopfübersche fliagt ronter!
Se bleibt derbei, – ’s wär guat sonscht ganga, –
am Sattel mit ’m Rockschlitz hanga,
do schtoht em Krois dia guat Frau Gentner
grad wia-n-a Schockai von drei Zentner! –
Jo, ’s Reita hot halt seine Nauba,
doch dürfet ’r mer’s sicher glauba,
d’ Frau Gentner sieh-ne wiederom,
beim nägschta Mol em Hippodrom!

Glück ond Oglück

's Glück ond 's Oglück goht durch's Land,
oft em a sonderbare Gwand,
daß mancher Mensch, der sonscht net blend,
dia zwoi net ausanander kennt!
Wia oft passiert's net en d'r Welt,
daß oiner 's Glück fir Oglück hält!
Au mir isch's oft scho ganga so,
heit nemme zwor, was ben e froh!
Da Grond will i eich net verhehla,
ond gschwend mit kurze Wort verzähla:
a Freind von mir, a guater Ma,
der hagelt, wia's so komma ka,
a Schtiaga na, daß 's Gott erbarm,
verschtaucht da Fuaß ond bricht da-n-Arm.
Was duat mer doch der Ma so leid,
ond wia-n-er m'r begegnet heit,
sag i em glei en warme Wort,
wia-n-er m'r loid dä, ond so fort!
Druf secht der: „I han Glück fei ghet,
narr, i begreif's jo heit no net,
daß bei dem Schturz i vor drei Wocha
net 's Kreiz ond älle Ripp han brocha!"

Kaum daß mir boide ons hent trennt,
lauft mir a-n-andrer Freind en d' Händ,
von dem verzählt mer, ond 's sei wohr,

sei Danta von bald achtzich Johr,
dia sei em gschtorba über Nacht,
ond häb em Hab ond Guat vermacht. –
I han ’m, wia ’s sich so gebührt,
z’erscht kondo- ond no graduliert,
druf secht zua mir der guate Ma:
„Fang no net von der Erbschaft a!
Descht ’s reinschte Oglück, muescht du wissa,
was moinscht, dia hent me anderscht b’schissa!“
Gottlob, jetzt han e ’s endlich raus,
wia ’s Oglück ond wia ’s Glück sieht aus!

Moral:

Freind, hoscht emol en Pflompfer do,
bei dem da gnädich kommscht dervo,
bisch sicherlich am beschta dra,
gucksch du der ’s als en Glücksfall a!
Ond wenn d’ erhoffscht vom Glück au viel,
halt oinaweg doch Maß ond Ziel,
no bischt enttäuscht net, – folg mei’m Rot, –
em Fall ’s amol an ’s Erba goht!

Schtelza

Wenn's Früahjohr kommt, sieht mer en helle Haufa,
äls d' Kender uf de Schtroßa Schtelza laufa,
do kommet se en Schare aus 'm Haus,
se haltet's en d'r Schtuba nemme aus.
Wenn d' Sonna scheint, am erschta Früahlengsdag,
wenn 's erschte Bleamle blüaht am Gartahag,
no goht a Leba-n-a voll Luscht und Fraid,
trotz Weltkriag ond trotz harter, schwerer Zeit!

Mädla ond Buaba laufet so zelbander,
vergnüagt uf ihre Schtelza omanander,
wia blitzet ihre Auga hell vor Luscht,
wia schwellt d'r Jugendmuat ihr jonga Bruscht!
Ob au d'r Kriag 's fenft Johr scho weitergoht,
ond ob au d' Welt en helle Flamma schtoht,
dia Kender schpielet sorglos oinaweg,
grad als ob d' Welt em diafschta Frieda läg!

Do kommt desWegs mit schmerzgebeugtem Rücka,
ond bloichem G'sicht z'mol a Soldat uf Krücka,
der lehnt, weil er schier nemme weiter ka,
an d' Wand sich zwischa äll dia Kender na.
Uf oimol isch mit äll dem Schpiela-n-aus,
Ernscht drückt sich uf der Kender G'sichter aus,
koi oizichs Luscht zom schpiela meh verschpürt,
als hätt d'r Kriag se ällesamt berührt!

So schtandet se mit Mitleid en de Blicka,
ond diafem Ernscht om den Soldat uf Krücka,
„So schpielet doch“, er freindlich zua-n-en secht,
„denn ’s Schpiela isch d’r Kender goldnes Recht.
Daß Deutschlands Jugend ruhich schpiela ka,
dofür isch gschtorba mancher brave Ma,
ond viel, gleich mir, dia laufet müahsam drom
ihr ganzes Leba lang uf Schtelza rom!“

Falsch verschtanda

D’r Frieder hot en Schatz, sei Lies,
er mag sui, – sui mag ehn ganz gwies,
der hätt’r gern a Fraidle g’macht,
drom b’sennt er sich fascht Dag ond Nacht,
es soll doch ebbes rechts au sei,
ond ’s fallt ’m eba gar nex ei!

A seidichs Kopfduach hot se scho,
was soll denn d’ Lies mit zwoi au do,
a Rengle hot se ebafalls,
a Kettele au für da Hals, –
doch ois, des hot se fei no net,
des isch ’m Frieder sei Porträt!

Dees gibt a Fraid, d'r Frieder denkt,
kriagt d' Lies vo mir a Bildle g'schenkt!
Ond glei am nägschta Sonndich druf,
do macht sich onser Frieder uf,
em neua Gwand, pomadesiert,
da Schnurrbart gwichst ond frisch rasiert.

So kommt 'r mit d'r Eisebah
schtolz wia-n-a Grof en Schtuegert a.
En Fotografa hot'r bald,
doch wurd's 'm oimal warm ond kalt,
wia-n-er vor dem sei'm Lada schtoht,
i will no seha, wia dees au goht!

Doch mit Kurasche ond mit Muat,
got 'r zur Diar nei, ziagt da Huat;
d'r Fotograf, a netter Ma,
der legt 'm glei a-n-Albom na:
„Hier Stehfigur, hier bis zum Knie,
hier Brustbild, – bitte, wählen Sie!"

Verlega wird der arme Tropf
ond kriagt en kuderrota Kopf,
doch schliaßlich secht 'r über ois:
„Von dene möcht e liaber kois,
dia Bilder send zwor älle schee,
doch mecht e ois, wo i druf be!"

Uf guat deutsch

Es lauft do a Dam uf'm Märkt omanand,
mer merkt so an ällem, se isch net bekannt,
se woiß sich net z'helfa, ganz loid duat se oim,
i glaub, dia arm Frau isch en Preußa derhoim!
Se suecht ond se lauft ond se frogt ond se macht,
's oi Märktweib verschtoht's net, a-n-andera lacht,
dia Dam gibt sich Müah, ond vereifert sich arg,
ond secht emmer wieder: „Ich suche nach ‚Quark'!"
Ond wen se au frogt, wo es „Quark" denn wohl gäb,
dia Märktweiber saget, daß koina dees häb!
Z'letscht lauft se zom Michel vo Plattahard na,
ond brengt dort ihr Sprüchle zom zeahtamol a:
„Ich suche nach ‚Quark', oder wie man's hier nennt,
ist hier denn kein einziger Mensch, der ihn kennt?
Ich weiß es bestimmt, auch im schwäbischen Land,
ist ‚Quark' unter anderem Namen bekannt!" diesem
Woher daß d'r Michel den Ausdruck grad kennt,
dees isch mer a Rätsel, jedoch secht 'r gschwend:
„Bei Oier ond Butter verkaufet se dees, ×
dees hoißt mer uf ‚guat deutsch' doch ‚Luckeleskäs'!"

× Weib, des hoißt bei uns
auf gut deutsch Luckeleskäs!

I wär und du dätscht

Von älle Kenderschpiel 's liabschte ond 's nettscht,
des ischt, wenn se schpielet: „I wär ond du dätscht."
Mit dene paar Wörtla, so oifach se send,
do zaubert da Hemmel uf d' Welt sich a Kend! . . .
I wär jetzet Kaiser, 's ganz Land des wär mei
ond du wärscht d' Frau Kaisere, o dees wär fei!
D'r Fritzle wär Könich, d'r Karle a Prenz,
mer hättet sechs Schemmel mit ganz lange Schwänz.
A-n-Oniform hätt' e, dia wär ganz von Gold,
dia hätt e mer extra vom Schneider heit g'holt,
a Kro hätt' e uf ond a Schwert en d'r Hand,
ond an jedem Fenger an Allmachtsbrillant. –
Du dätscht me jetzt bsuacha, d'rhoim en meim Schloß,
du dätscht no so gucka: „Isch dees schee ond groß!"
Ond i dät no saga: „Dees ischt no a klois,
i han no viel scheenere, meh no wia ois!"
No dät i de froga: „Om was e Se bitt,
worom hent Se denn net d' Frau Könighe mit?"
Ond du dätscht no saga: „Pardong Majeschtät,
mei Gattin hot's Bauchweh, drom liegt se em Bett!" –
No dätet mer veschpere Brotes ond Wei,
ond Dorta ond Kuacha, ond Gsälz obadrei,
ond Bombola, Schlagrahm, Lakritz ond Schoklad
dät liega uf goldiche Schüssla parat. –
No dätet mer fahra, wenn's Essa-n-isch aus,
mit meine sechs Schemmel vor d' Schtadt boide naus,

do kämet Soldata, mit Helm ond mit Gwehr,
zur Kaiserparade von überall her . . .
z'mol goht am a Dachschtock a Fenschterle uf:
„He, Fritzle, he, Karle, jetzt kommet 'r ruf!" –
„Jo Mame", so ruafet dia boide no gschwend,
ond aus isch d' Parade – d'r Traum hot a-n-End!

Freindschaft

Es hocket d'r Frieder ond Heiner beinand,
se schwätzet ond trenket brav Mooscht mitanand,
se schwätzet von ällerloi, was mer halt schwätzt,
do secht z'mol d'r Frieder: „Du hör amol jetzt:
i sieh äls oin laufa, er ischt a weng kromm,
er kommt hia ond do au en ‚Schterna' äls nom,
er isch so-n-a Schwarzer, so groß fascht wia-ni,
wer isch denn dees, denke, so oft e den sieh?"
„Ha", secht druf d'r Heiner, „den kenn e ganz guat,
i rot d'r, vor dem sei fei no uf d'r Huat,
‚Galotta-Schorsch' hoißt mer'n, er woiß scho worom,
a größerer Fetz lauft en Schtuagert net rom.
Er schafft nex, er sauft bloß, macht Schulda, 's ganz Johr,
ond wird ebbes bosget, i sag fei net z'viel,
ganz gwies hot der Bruader mit d' Händ en dem Schpiel!" –
Ganz baff secht der Frieder: „Jetzt sag mer no au,
du kennscht jo den saubere Herra scheint's g'nau!"
„Ha jo", secht d'r Heiner ganz schtolz, wie mer scheint,
„es ischt doch mein beschter ond ältester Freind!"

Mei Lamp

D’rhoim han a Lamp i aus Messeng ond Glas.
Se brennt net elektrisch, se brennt net mit Gas,
se brennt bloß mit Erdöl seit Großvaters Zeit,
doch wenn e se aguck, han i halt mei Fraid. –
Mei Großmueder hot uf ihr’n Disch se scho gschtellt,
wia hot se so traut ihr klois Schtüble erhellt,
wia oft hot dia Lamp net en Nächt ohne End
zur Arbet dem raschtlosa Müederle brennt!
Ond hot se au traurige Nächt of bescheint,
wenn bei ihre Kranke hot d’ Großmueder greint, –
wenn Kommer ond Trüebsal verwonda send gwä,
wia hot se so trauliche Schemmer no gä. –
Ond wia se hot ’s erscht Mol bei ons d’rhoim brennt,
o, des isch a Fraid gwä ond Glück ohne End!
Ond Johra om Johra, so lang e no woiß,
ihr Licht hot erhellt onsern häusliche Krois,
ond wia no mei Mueder isch weiß gwä ond alt,
do hot se ihr ronzelichs Gsichtle beschtrahlt. –
Heit brennt se bei mir uf’m Schreibdisch so mild,
ond zaubert vor d’ Seel mir manch hoimelich Bild,
aus urferne Daga, von Fraid ond von Schmerz,
wia wird mer’s do manchmol so oiga-n-oms Herz! –
Heit schpielt hell ihr Licht meine Kender em Hoor,
o mög se ’s bescheine viel Däg no ond Johr,
o mög se erhella johrei ond johraus
uf lang ons no ’s Glück ond da Frieda-n-em Haus.

O Leit!

Was schtandet denn dia Leit do rom?
Mer moint jo grad, der Deifel komm!
Isch des a Zeigs ond a Geduahs,
's oi tritt em andra uf da Fuaß.
's oi Weibsbild schtoßt ond druckt sich vor,
wird überfahra om a Hoor,
de ander schempft so arg se ka,
weil oina sich stellt vor se na,
se hot a Kendle uf'm Arm,
des brüllt ond schreit, daß Gott erbarm,
ond d' Mueder schempft ond schreit brav mit,
weil so des Kloine „gar nex" sieht.
A Ma schtoht krampfhaft uf de Zeah,
er mecht halt au gern ebbes seah,
dia Weiber schtandet, wenn am End
au 's Essa uf'm Herd verbrennt.
Se bleibet älle, z'lang net wird's
de Dama en de Zeiglesschürz! –
Jetzt send so guat ond saget bloß,
was gaffet denn dia älle bloß? –
Mer holt a Kranks en seiner Qual
per Sanität en 's Hoschpital!

Mei Mauga-Neschtle

Mei Freind, – a rechter Schwob, wenn d' bischt,
woischt, was a Mauga-Neschtle ischt,
a Maugeze, – i mach a Wett,
hoscht scho als Kend derhoimda ghet. –
Woischt no, wenn 's äls isch Grischdag gwä,
ond 's hot so guate Sacha gä?
Woischt no, wenn äls d'r Oschterhaas
hot seine Eier g'legt en 's Gras? –
Do hosch doch au vom Guata 's bescht,
dir ufghebt em a Mauga-Nescht,
fir mag're Zeita, dia 's hot gä, –
was isch m'r no so froh dra gwä. – –
Weil hoit doch „mag're" Zeita send,
drom mach e 's jetzt, wia einscht als Kend,
was i m'r han uf d' Seita do,
do kriaget älle jetzt dervo. –
Mai „Mauga-Neschtle" schtell 'ch na,
wer will, der kriagt, los, fanget a,
ond langet keck ond herzhaft nei,
's wird sicher manches drenna sei,
dees Eich behagt ond dees 'ch freit, –
i kenn jo Eier'n Gschmack, Ihr Leit, –
ond, wenn e z'fried'ne Gsichter sieh,
freit's neamerz ärger, – als wia mi!

Sommerfrische

Isch's em Sommer elend hoiß,
g'heert sich's wia-n-a jeder woiß,
daß, wer Zeit ond Geld gnuag hot,
fort en d' Sommerfrische goht. –
Net alloi duaht 's d' Gsondheit schtärka,
('s wird's an sich a jeder merka),
net alloi hosch G'nuß dervo,
noi, 's g'heert au zom guata To.

Anderseits zwor, 's liabe Geld
moischtens aber dene fehlt,
dia net grad de g'sendschte send,
ond 's am moischta netig hent,
daß se wexlet mit 'm Klima,
– d' Schtadtluft, woiß m'r, isch net prima, –
sotte Leit, dia wählet halt,
no zur Kur da Keahleswald.

Viel au, dia net reich gnuag send,
ond 's au gar net netig hent,
moinet, 's wär bei Gott a Schand,
gängtet se net au uf 's Land. –
„Denn, was dähtet d' Leit do saga?"
„'s Renommee däht 's oim verschlaga!" –
Moischt schpielt d' Frau mit sotte Trempf,
leidet se an noble Krämpf.

So-n-a Weib hot au, – ’s ischt schad,
leider d’r Herr Rechnongsrat. –
’s ischt a seelaguater Ma, –
er mag schaffa, was ’r ka,
duaht ’r sich au no so schenda,
’s langt net vorna ond net henta,
net blooß amtlich, – au privat,
rechnet schwer d’r Rechnongsrat.

’s Weib hot, wia g’sagt, noble Krämpf,
d’ Dechter traget Seideschtrempf,
Absätz hent se von drei Zoll,
ond da Kopf mit Mucka voll. –
Deahnt d’rhoim koin Fenger riehra,
’s ganz Johr nex, wia schwidesiera,
doch, bevor ’s no richtig hoiß,
denket se an d’ Sommerrois.

D’ Hulda, d’ ältscht, dees lange Gschtell,
lebt ond schtirbt fir Liabazell,
d’ Liesabeth secht, ’s sei so schee,
nergeds, wia am Bodasee. –
D’ Anna, mit de denne Wada,
mecht en Bada-Bada bada,
d’ Mueder secht, d’r hechschte Reiz,
lieg fir sia blooß en d’r Schweiz.

Kurz ond guat, a jeda goht,
wo-n-r halt d’r Senn na schtoht,

dui uf's Land, ond dui en's Bad, –
oizig, d'r Herr Rechnongsrat,
därf net au so Bossa treiba,
ond muaß brav d'rhoimda bleiba; –
isch dui G'sellschaft aus 'm Haus,
läßt 'r manchen Seifzger naus.

Wocha kommet, wo der Ma
au a bisle schnaufa ka,
ond er duaht's au, meiner Seel, –
däht 'r 's net, wär's a Kameel. –
Er läßt manchmol fenfe grad sei,
braucht net Dag ond Nacht parat sei,
daß 'r danzt ond haltet schtill,
wenn sei Alta pfeift ond 's will.

Doch, wia schnell vergoht dia Zeit,
rom isch wieder mit d'r Freid,
ois om's ander kommt en 's Haus,
ond sieht grad so dirr no aus. –
D' Hulda, dia ka's gar net loba,
(weil 's ischt nex gwä mit verloba!),
se hätt gar z'gern doch en Ma,
ond es beißt halt koiner a.

D' Anna schempft ond d' Liesabeth
mit d'r Mueder brav om d' Wett,
d' Kur häb desmol gar nex g'nutzt,
's Geld derfir sei grad verputzt; –

d’ Anna isch hauptsächlich g’lada,
(se hot äls no dirre Wada),
d’ Liesbeth secht, se pfeift – u jee,
uf da ganza Bodasee.

Ond ’s ischt wohr, ’s ischt ebbes dra,
guckt m’r so dia Dama-n-a,
no sieht ’s oiner schier, der blend,
daß se net viel g’wonna hent. –
guckscht da Vatter a derneba,
der sieht aus, wia ’s bliehend Leba,
wirklich g’nutzt hot d’ Kur akrat
oizig beim Herr Rechnongsrat.

Mer duat, was mer ka . . .

Mei beschter Freind, d’r Peterle,
dees ischt a Schwereneeterle,
acht Johr alt isch der kloine Schtrick,
ond hot scho bei de Dama Glick,
zom mendeschta bei meiner Frau,
do woiß e ’s nämlich ganz genau.

Er macht sei Bsiachle, glatt ond schee,
au, wenn e net derhoimda be,
mit heller Freid, ond – deescht zwor schtark,
mei Frau, dia frait sich grad so arg; –
es macht erscht kois en Hehl do draus, –
gell, dees send Zuaschtänd en mei'm Haus!

Scho oft denk' i so vor me na,
was ziagt den Kerle wohl so a?
I rot drom rom ond komm net druf,
uf oimol goht a Licht mir uf:
narr, den treibt's en mei Haus mit Macht,
wenn äls mei Frau en Kuacha bacht!

Do neilich komm e g'schickt derzua,
wia grad mei Freind en äller Ruah,
am vierta Schtickle Kuacha kaut.
(D' Zahl hot mei Weib mr avertraut) –
mer sieht 's dem kloina Male a,
er hot brav g'loischtet, was 'r ka.

Zom Gschpaß sag i: „Witt net no ois? –
Komm, Peterle, do, no a klois?" –
Do secht dees Mändle: „Danke schee,
i mecht scho, doch i ka net meh,
i däht's probiera, wenn e net
da ganza Dag scho 's Bauchweh hätt!"

Der kennt se aus

Neilich ischt d'r Schlosser Bempfle mit sei'm Nochber
zamma gwä,
ond se hent sich onterhalte, z'mol hot sich halt
d' Red so gä,
daß d'r Nochber dann ond wann äls en's Theater
ganga däht,
ond er frogt, ob sei Freind Bempfle denn do gar koin
G'schpaß dra hätt'?
Wonderschee sei 's em Theater, ond er sag bei Gott
net z'viel,
mer moi grad, mr sei em Hemmel, bei dem G'sang
ond bei dem Schpiel. –
Morga-n-obed gang 'r wieder, weil mr do a-n-Oper gäb,
„Hugenotta" dä se hoißa, – daß 'r au 's Billjet scho
häb'. –
„Frieher ben e", secht d'r Bempfle, „au scho em Theater
gwä,
oimol moine, hent se grad au sellmols d' Hugenotta gä.
Freile, freile, – deescht dees Schtick doch, – i jo arg
me deischa miaßt –,
wo d'r Freischitz sellem Schwan vom Kopf en Äpfel
ronter schiaßt!"

B'hüet de Gott, ade

Mädle, heul net, i muaß fort, i muaß fort, i muaß fort,
naus en d' Welt, an andre Ort,
glaub mer 's uf mei Wort,
sei 's am Necker, sei 's am Rhei,
du sollscht net vergessa sei,
bischt ond bleibscht jo mei.

Mädle, isch dr's Herz au schwer, 's Herz au schwer,
    's Herz au schwer,
's wär net guat, wenn 's anderscht wär,
komm no oimol her;
gieb m'r no en feschta Schmatz,
's hot jo en mei'm Herza Platz,
du blooß, liaber Schatz.

Mädle, gel, du bleibsch m'r guat, bleibsch m'r guat,
    bleibsch m'r guat,
hälscht dei Herzle treu en Huat,
wia 's au komma duat. –
Kommt amol a loser Bua,
heb' d'r boide Ohra zua, –
i han sonscht koi Ruah.

Wo-n-e nakomm, denk e dra, denk e dra, denk e dra,
ond guck sonscht net oina a,
lock se, was se ka;
wär se no so wondernett,
scheener wia mei Lisabet
ische sicher net.

Mädle, heul net, 's duat mr weh, 's duat mr weh,
's duat mr weh,
wenn e de so greina seh, –
b'hüet de Gott, ade! –
Send mr drussa d' Menscha z' kalt,
suach e wieder d' Hoimet halt,
'leicht sogar scho bald. –

„Rei' daxt"

Fir d' Schtadtleit isch 's Leba wahrhaftig net schee,
mr hot jo, beim Gugug, schier z'essa nex me,
seit Johra-n-ond Daga, es isch jo a Schand,
lauft älles mit hongrige Bäuch omanand. –

Was Wonders, suacht jeder, trotz ällem Verbott,
sobald 'r no irgend a G'legaheit hot,
a bissele z'hamschtera, – 's sott jo nett sei,
doch gibt so Ideea d'r Honger halt ei. –

Do neilich, do denk e, jetzt isch mr ’s bald z’ domm,
no lang, wenn e honger, no hagl e voll om,
jetzt, nex wia en ’s Schtrohgai, do hot’s jo no Sach,
ond mach me au bald uf da Weg ällsgemach. –

Was soll e viel saga, – was i han verdwischt,
zom leba ond schterba no z’ wenig gwä ischt,
ond was ben e gloffa, ond was han e blecht,
wenn no au d’r Deifel drei nei schlaga mecht. –

Halt, dort an dem Garta, do schtoht no a Haus,
do guckt grad a Bäure zur Schtalldiera raus,
a-n-alda, a dicka, zu der gang e na,
ond denk, jetzt bischt schlau, fangscht a G’schwätzle z’erscht

Ich mach dera-n-Alta a Gsicht na, so nett,
als ob e me en se verliaba grad wett;
z’erscht sag e: Griaß Gott, ond ’s dä warm macha heit,
ond sag no: „Was hent’r schee Wetter, ihr Leit!“ –

Do guckt me dees Weibsbild ganz wurschthaftig a,
wia wenn se wellt saga: Schwätz no an me na! –
Uf oimol, do giebt mr zur Antwort dui Hex:
„Schee Wetter, dees hemmer,–aber sonscht hemmer nex!“

D’r saure Mooscht

D’r Heiner hot a-n-Allmachtswuat,
er brommt ond schempft ond macht ond duaht,
sei Mooscht, der heier doch so rar,
isch sauer worda ganz ond gar! –
Ganz brocha-n-isch der arme Ma,
so daß ’r oim recht loid do ka.

Au mir verzählt ’r sei Maleer,
o Gott, o Gott, was nemmt ’r’s schwer,
„was moischt“, so secht ’r, „dees duat weh,
goht oim d’r Mooscht glei faßweis he, –
nemmscht do dervo en Schluck, net z’ knapp,
was moischt, der brennt d’r d’ Kuttla-n-ab.“

I sag ’m au, wia schad dees sei,
ond moi no schliaßlich nebabei:
„Ja, Heiner, no isch ’s ällerbescht,
wann d’ hergohscht, ond ’n laufa läscht.“ –
„U jesses“, secht ’r, – „dees wär lätz,
noi, g’soffa wird ’r, – saudomm’s G’schwätz!“

Begegnong

D' Frau Hinz ond d' Frau Kunz, dia begegnet sich heit,
ach Gott nei, was hent dia zwoi Dama-n-a Fraid,
se schiddlet sich d' Händ, ach so warm ond so fescht,
als wär dia Begegnong fir boide a Fescht. –
„Wia kommt's au blooß, daß mer Sia gar nemme sieht?
– I gang, wenn's 'n recht isch, a Schtickle weit mit, –
scho oft han e denkt, isch d' Frau Hinz denn wohl krank?
Doch han e omsonscht me scheint's g'sorgt, Gott sei Dank
D'Frau Hinz isch ganz g'riehrt, ond secht: „Deescht aber nett,
Frau Kunz, noi, jetzt hent se gar Sorg om me g'het!
Doch ben e no ällaweil g'sond gwä bis heit –,
Frau Kunz, gelt Sia au doch, ond au Ihre Leit? –
Bei Ehne zwor sieht mer's, Sia kommet derher,
so jong ond so bliehend, so schlank ond leschär,
grad wia-n-a jongs Mädle, so schick ond modern –,
dia neie Frisura, dia sieh-n-e erscht gern. –
Was macht au Ihr Hulda? Was wird dia so nett,
erscht freilich, do hemmer no d' Red dervo g'het!
Jetzt kommet Se recht bald zur Kaffeevisit,
ond brenget Se jo fei Ihr Dechterle mit! –
So, liabe Frau Kunz, no, jetzt hot's me halt g'freit,
doch, jetzt mueß e hoim, 's isch zom Essa bald Zeit.
Mei Ma wird sich freia, wann i em dees sag,
daß i Sia han troffa, – jetzt recht guada Dag!" – –

D’Frau Hinz kommt jetzt hoim –, d’r G’mahl schempft ond brommt,
dees baßt ’m fei net, wenn sei Weib so schpät kommt:
„Wo bleibscht denn so lang?“, fangt ’r z’bruddla glei a,
„bischt du aus ’m Haus, no vergischt du dein Ma!“ . . .
D’Frau Hinz secht: „Jetzt schempf net, ond heer, was dr sag:
Am Poschtplatz –, i moi grad, es drifft me d’r Schlag,
do lauft mr z’mol d’ Kunze, – potz kreizelement,
was ben e verschrocka –, direkt mer en d’ Händ! –
Dui hot mer no g’fehlt, denk e ond be ganz platt,
dees iberschpannt Weibsbild, dui ufdackelt Latt,
derherkomma ische, von weitem mer sieht’s,
was dui uf ’m Leib hot, dees kauft se beim Tietz. –
A Hiatle, a Hiatle –, i han dr schier grillt,
mit Bloama-n-ond Fahna, – moi, deescht d’r a Bild,
hockt uf’m Frisierle, ganz schebs ond ganz kromm,
so lauft dr en ~~Schtuegert~~ koi Weibsbild meh rom! –
Zom Glick isch ihr Dochter net au derbei gwä,
dees hätt’ mr, i glaub fascht, da Dreffer voll gä,
dui goht mer uf d’ Nerva, so bald e se sieh –,
dees Muschter giebt au bald a netta Partie!“ –
„So Gott will, läßt ons doch dia G’sellschaft en Ruah!“ –
Es nickt d’r Herr Hinz, ond heert adächtig zua,
sei Frau secht: „Jetzt eß, sonscht verhongerscht mr fascht,
komm, liaber Herr Jesus, ond sei onser Gascht!“

x Ulm

Dees deire Weib

D'r Fritz ond d'r Peter, zwoi arg guate Freind,
dia hocket beim Schoppa, gar treilich vereint;
se denket mit Vorliabe Brootbiramooscht,
drom zwisch'm Verzähla hoißt's äls wieder: „Proscht!" –

Se kommet beim Schwätza an ällerloi rom,
ond schiabet äls wieder ihr Schoppaglas nom,
doch, wenn's 'n au d' Wirte, woiß Gott wia oft fillt,
so ebbes von Duurscht isch fei net so bald g'schtillt. –

D'r Fritz schempft uf's Schaffa –, sei Freind uf da Loh,
mr mach bloß da Dackel ond häb nex dervo,
se schempfet uf d' Zeita, daß 's Sach so viel koscht,
ond 's End isch vom Liadle halt äls wieder: „Proscht!" –

Uf oimol, d'r Peter –, wia kommt 'r bloß dra –,
der fangt en Dischkurs iber's Heirata-n-a,
d'r Fritz, der verschrickt ganz, denn der hot a Weib,
„Was, heirata?" secht 'r, „dees halt d'r vom Leib.

A Weib koscht a Geld, liaber Gott, deescht a Graus,
de mei schwätzt von nex sonscht, johrei ond johraus,
i ka dr's net saga, wia oft dui me schtellt,
am Morged's, am Middag ond Nachts will se Geld. –

I sag d'r fei, Peter, a Weib isch a Lascht,
de meinig, dui brengt aus 'm Häusle me fascht,
mit äll ihrem bittla-n-ond bettla-n-om Geld,
i ka dr's net saga, wia dui me oft quält!" –

D'r Peter macht Auga verwondert ond groß:
„Was will denn dees Weib mit dem Geld, sag mr blooß?"
D'r Fritz, der zuckt Axla, ond secht iber ois:
„Ja, dees woiß i au net – von mir kriagt se kois!"

D'r Backfisch

's ischt d'r reinschte Sausewend,
halba Dam' ond halba Kend,
wia-n-a Gerta g'waxa. –
Äll'weil luschtich wia-n-a Schtoor,
ond da Kopf voll Wuschelhoor,
Lomberei ond Faxa.

D'Auga gucket schelmisch drei,
hell ond klar, wia Sonnaschei,
Bäckla grad wia d' Pfirsich;
lacht fir nex sich halba z' dot,
guckscht d'n a, no wird 'r rot,
schämt sich ond guckt fir sich.

Manchmol aber kuraschiert,
lauft sei Göschle grad wia g'schmiert,
ond er kommt en Eifer;
so zom Beischpiel wird 'r warm,
sechscht, d'r jonge „Held", sei Schwarm,
sei a Scheeraschleifer.

Au zom Beischpiel –, folg' mei'm Rot –,
frog net, wia 's sei'm Döckle goht,
dees dähtscht bald bereia,
wenn 'r nex d'r ibel nemmt,
dui Frog däht 'r dr beschtemmt,
net so bald verzeiha.

Wenn 'r nochher hentarom
goht au en sei Schtüble nom,
om dees Döckle z' hola. –
Wenn 's koi Mensch sieht, nemmt 'r 's warm
voller Liabe uf da-n-Arm,
und kußt's ab verschtohla.

Backfisch, Mädle, Sausewend,
bleib so lang de kascht, a Kend,
wenigschtens em Herza –,
Zeita kommet, ernscht ond bang,
's Leba-n-ischt so lang, so lang,
ond voll Lascht ond Schmerza.

Kirschablüete

Hebet me, Ihr liabe Leit,
narr, sonscht schlag e naus vor Fraid,
Mädla dalli, Weible hopp,
nex wia los em Gaulsgalopp;
d' Schtiefel her ond d' Sonntichsg'wänder,
denn heit giebt's en Feschtdag, Kender,
uf ond los, da Huat em G'nack,
ond uf d' Bah mit Sack ond Pack.

Remstal, o du Paradies,
uf d'r liaba Welt ganz g'wies,
giebt's koi Fleckle, weit ond breit,
so voll Pracht ond Liablichkeit. –
Liaber Gott, isch dees a Sega,
Nizza ischt a Dreck dergega,
so scheint d' Sonn vom Hemmelszelt
nergeds uf d'r ganza Welt.

Erschtens, Leit, waxt do a Wei,
der lauft ganz von selber nei,
wenn da do en Schoppa drenkscht,
gwies glei an da nägschta denkscht. –
No muascht, sei 's au en Gedanka,
warm derfir em Herrgott danka,
daß as Remstal, o wia g'schickt,
grad em Schwobaländle liegt!

Daß 'r's gsetzt mit kondger Hand,
nei en onser g'segnet's Land,
ond net –, wenn mer dees bedenkt,
gar no hot de Preißa g'schenkt. –
Läg' dees bei Berlin do drenna,
– mag mer dene viel au genna –,
aber, 's Remstal, glaubet's mir,
wär wahrhaftig z'schad derfir.

's ischt jo sicher 's ganze Johr
wonderliablich, gwies, 's isch wohr,
doch am schenschta uf mei Wort,
isch 's halt doch em Friahleng dort. –
Bliahet d' Bäum dort ond deahnt treiba,
no ka dees koi Mensch beschreiba,
do schtoht's 's Herz dr schtill vor Fraid,
vor der Pracht ond Herrlichkeit.

D' Kirscha blühet doch so schee,
so giebt's uf d'r Welt nex meh,
wo d' au naguckscht, weit ond breit,
moischt, 's häb lauter Blüeta g'schneit. –
Wann d' no duahscht dein Schoppa drenka,
deahnt se d'r ens Glas nei henka,
ond wia Wolka en d'r Luft,
liegt d'r Kirschablüetaduft.

Isch 's a Wonder, sag e drom,
äll Johr wieder: Weible, komm,
Mädla, dapfer, hopla hopp,
nex wia dalli em Galopp!
Ond fahr froh en 's Remstal henter,
voller Glück mit Weib ond Kender! –
D' Kirscha blüet, 's isch au wohr,
oimol bloß em ganza Johr.

Wenn e no derhoimda ben,
Sonnaschei em Herza drenn,
ond guck Weib ond Kender a,
's helle Glick lacht a me na. –
No wird nom an d' Schublad ganga,
mei Erennerongsbiachle z'langa,
dick wird drenn mit Denta buacht:
mir hent heit da Herrgott b'sucht.

O Herz, mueascht net verzaga

O Herz, muescht net verzaga,
moischt au, dei Loid ond Weh,
an dem so schwer hoscht z' draga,
seit viele Nächt ond Daga
bleib emmerfort beschteh.

’s kenn nemme anderscht werda,
’s bleib emmer so, wia heit,
es gäb fir deine Gärta
koin Friahleng meh uf Erda,
fir jetzt ond älle Zeit.

Oi Lascht hot jeder z’ draga,
mer sieht en koin jo nei,
gar mancher hot z’ beklaga,
so viel, oft net zom saga,
’s kennt schier net ärger sei.

Ond siehscht oin heiter scherza –,
der wonschlos glicklich scheint –,
au mancha Nacht en Schmerza,
hot der vielleicht von Herza
scho en sei Kisse greint.

Ond doch, trotz schwerer Schtonda,
wia arg se ’n au hent quält,
er hot se iberwonda,
hot wieder z’recht sich g’fonda,
ond guckt heit froh en d’Welt.

Wenn no so diaf verborga
en dir heit d’ Hoffnong ruaht –,
d’r Herrgott wird scho sorga,
faß Muat, vielleicht scho morga
ischt älles wieder guat.

’s Regawasserfaß

Mei Schpatz, a Racker von acht Johr,
da Kopf voll blonder Wuschelhoor,
dees ischt a Jauner obaraus,
ond – onter ons g’sagt – Herr em Haus.
So schmiegsam, wia-n-a Gerta g’waxa,
da ganza Dag da Kopf voll Faxa,
zwoi blaue Auga, hell wia d’ Schtern,
ond Gott ond d’ Menscha hent se gern.

’s isch net zom saga, was dia Krott,
da ganza Dag fir Eifäll hot,
se sengt ond schprengt ond juchzt ond lacht,
vom friaha Morga, bis en d’ Nacht. –
Koi Wonder, secht äls a Bekannte:
„Dui Hex isch ganz alloi a Bande“,
i ka net orecht gä der Frau,
mei A’sicht isch dees nämlich au.

Wohl ’s greeschte Fescht isch fir dia Maus,
wenn ’s hoißt, mer goht en Garta naus,
i brauch blooß z’saga: „Schpitzbua, komm!“,
no schmeißt se me vor Fraid schier om. –
I ka ’s drom selber kaum verwarta,
bis wieder Zeit isch äls en Garta,
wer dees net ganz nadierlich fend’t,
der hot koin Garta – ond koi Kend.

Es isch a-n-Allmachtsgarta gwies,
derhenter dra isch no a Wies,
so lang ond broit, daß do bei Gott,
a Fille au gnuag Platz drenn hot. –
Mer sott do eigetlich doch moina,
’s wär au gnuag Platz drenn fir mei Kloina,
dees kennt au schtemma ogefähr,
wenn ’s wia g’sagt, koi so Racker wär.

A gotzichs, monzichs Fleckle zwor,
isch en dem Garta voller G’fohr,
a Regawasserfaß isch hen,
vergraba diaf em Boda drenn. –
Ganz em a-n-Eckele verborga,
ond daß e ganz gwies net brauch z’sorga,
daß ois drei nei fliagt, han e sacht,
au no en Deckel drieber g’macht.

Ond trotzdem, am a scheena Dag,
do duaht’s en Pflompfer ond en Schlag,
do duaht’s en Schroi, ihr liabe Leit,
i ben ’ch g’fuaßelt, wia net g’scheit!
Mei Klois isch uf den Deckel g’schtanda,
(wia han e g’sagt, secht mei Bekannta?)
der kippt, ’s ka jo net andersch sei,
ond mei Lompaze, boms, fliagt nei!

I ziag se aus ’m Wasser raus,
nadierlich batschnaß, wia-n-a Maus,
zom Glick hot d’ Sonna mächtich brennt,
drom nex, wia d’ Kloidla ronter g’schwend.
Zom Troscht lang i dem kloina Donnder
vom nägschta Baum den Äpfel ronter,
jetzt isch-e z’frieda iber ois,
o Eva, Schenderluader, klois!

No han e me en’s Gras nei g’setzt,
ond han me amol b’sonna jetzt –,
wia ka doch blooß a Menschakend,
dees Raum ond Platz hot ohne End,
so domm sei, sich en G’fohr z’ begeba,
kommt z’ Schada ond riskiert sei Leba?
So frog e me, worom, worom,
ond isch a Kend alloi so domm?

No, Leit, mer wellet ehrlich sei: –
wia mancher fliagt em Leba rei,
der ’s meiner Seel net netich hätt’,
wenn uf ’m Weg er bleiba däht;
wia onter manchem, bildlich g’schprocha,
isch scho der Boda zammabrocha,
der sich als Wirkongskrois, zom G’schpaß,
hot g’wählt – a Regawasserfaß . . .

’s kennt anderscht sei

Was send doch d’ Leit so domm, so domm,
se brenget ’s halbe Leba rom
mit Schtreit ond Zank ond Hader.
Se wälzet Schtoiner sich en Weg,
ond schmeißet sich mit Schlamm ond Dreck –
isch dees net a Theater!

D’r oi gennt net em andra d’ Luft,
ond goht dr ’s guat, kommt glei a Schuft,
der wird scho derfir sorga,
daß dr ’s net z’ wohl wird, obedengt,
ond wenn ’r ’s irgend fertich brengt,
bricht ’r dr ’s G’nick bis morga.

Was send doch d’ Menscha schlecht ond domm,
i frog me oft: worom, worom
deahnt d’Leit sich net vertraga?
Em andra z’schada, gibt oft her,
so mancher d’ Seelaruah ond d’ Ehr,
was soll mr dozua saga?

I moi, es wälz uf Weg ond Schteg
oim ’s Schicksal Schtoiner oinaweg
grad gnuag durch ’s ganze Leba,
dia aus ’m Weg miaßt – hen ob her –,
ond send se no so groß ond schwer,
zom Draga ond zom Heba.

Däht ois em andra net bloß weh,
wär's Leba noamol so schee,
dees wär d'r Weltafrieda,
no wär d'r plogta Menschheit gwies,
d'r beschte Doil vom Paradies
mit oim Schlag wieder b'schieda.

Fir was au!

D' Mueder secht: „Wia siehscht du aus,
Paule, sofort gohscht jetzt naus,
wäscht d'r 's Gsicht ond wäscht d'r d' Händ,
deescht a Schand, potz Element,
ischt a Bua, der scho so groß,
so-n-a Botzel, schäm' de blooß!"
Doch, d'r Paule, wia mr scheint,
ischt vom wäscha grad koi Freind,
denn mr sieht's 'm deitlich a,
er will net so recht dra na,
„Wäscha", secht 'r, „liabe Zeit,
's kommt jo doch koi B'suach meh heit!" . . .

D'r Schtotterer

Es lauft uf d'r Schtroß rom a biederer Ma,
er guckt ond er macht, ond er suacht, was 'r ka,
mr sieht's, er isch fremd hia, ond was 'r gern hätt',
soviel 'r au romguckt, er fendet's halt net. –
Zmol wird's 'm scheint's z'domm, deitlich sieht mr 's 'm a
er goht kurzerhand zom a Pfläschterer na,
doch, wia-n-r will schwätza, – er ziagt scho da Huat,
do brengt 'r nex raus, weil 'r schtottera duat.
Mit Ach ond mit Krach ond mit Miah ond mit Not,
er worgst ond er gorgst ond wird bloich ond wird rot,
zmol gackst 'r: „I bbbitt Se, ach sssaget Se bbbloos,
wo isch denn dui Scht-t-t-ott-t-tererschschual en der
Schtroß?" –
Der Pfläscht'rer schpuckt aus z'erscht, ond secht druf gan
kuahl:
„Glei 's ibernäxscht Haus ischt a Schtottererschual,
doch, liaber Herr Nochber, jetzt saget Se no,
was wellat denn Sia dort, Sia kennat's jo scho!"

Wonschzettel

Wenn's ällamol em Wenter goht em Dezember zua,
send älle Kenderherza mit oim Schlag aus d'r Ruah;
do heert mr bloß no schwätza vom Grischdag ohne End,
wenn hell em warma Schtüble am Obeds d' Lampa brennt.
Wenn ogfähr no d'r dritte Advent schtoht vor d'r Dier,
vor Ogeduld no send se oft nemme z'heba schier.
Nex wia mit Grischdagsfroga wird d'Mueder plogt ond quält,
ond bis zom heilcha-n-Obed, do werdet d' Schtonda zählt.
No werdet Zettel g'schrieba, do schtandet Wenschla druf,
dia mir en 's Haus send g'floga, dia heb e älle uf. –
Ond em a schtilla Schtendle, dees i fir mi derhaimd,
han neilich en mei'm Schtüble versonna ond vertraimt,
do han e wieder g'fonda en Bendel groß ond schwer,
mit lauter solche Zettel von viele Johra her. –
D'r erschte schtammt vom Fritzle, acht Johr alt isch 'r gwä,
i woiß no, ganz verlega hot der m'r'n einschtens gä. –
A Trommel ond en Säbel, en Helm ond a Trombet,
hot der sich g'wenscht, daß 's Grischkend am Grischdag
brenga dät.
Den hent se au begraba do dren em welscha Land –,
i moi, i säh 'n liega, da Säbel en d'r Hand. –
I han de liab ghet, Fritzle, grad wia mei oiga Kend!
Vom Bärbele, dem blonda, d'r nägschte Zettel schtammt,
sei Wonsch isch gwä a Döggle, en Seide ond en Samt. –
Heit hot se leb'ge Döggla, a Schticker fenf bis sex,
net grad en Samt ond Seide –, dees macht jo schliaß-
lich nex –.

Vom Karle ond vom Peter, vom Mäxle, von d'r Lies,
vom Luisle ond vom Guschtel, i lauter Zettel lies. –
Send eba lauter Wenschla, uf dia a Kend sich frait,
ois, wenn e net erfillt hätt', dees dät mr heit no leid. –
O machet Fraid de Kloine, au d' Wenschla send jo kloi,
denn schpäter secht jo 's Leba no oft gnuag hart sei „Noi".
De Kender gieb an Liabe, was d' hoscht em Iberschwang,
wia manch's dervo muaß reicha dermit sei Leba lang.

Ofall

D'r Hansjerg, wer kennt net den saubera Buurscht,
was wär dees a Kerle, wär blooß net sei Duurscht,
der Duurscht aber brengt onser'n Hansjerg schier om,
drom hockt 'r 's ganz Johr en de Wirtshäuser rom. –
Do neilich, do sieh'n'en, do hot 'r om d' Hand –,
wia kommt 'r blooß do dra –, en Allmachtsverband,
beim Schaffa hot der sich doch gwies net verletzt,
drom frog 'n halt: „Hansjerg, du sag amol jetzt,
was hoscht denn au ag'schtellt, was hoscht an d'r Hand?
Laß gucka", ond deit derbei uf sein Verband;
druf secht 'r: „Gerscht Nacht, wia-n-e d' Schtiaga nuf be,
no han e mer druf dappt –, was moischt, dees duat weh."

G'schmackssacha

D'r Märte, der goht uf da Wasa heit na,
ond guckt uf 'm Hondsmärkt dia Hondla sich a,
er mecht gern ois kaufa, doch 's klappt scheint's net recht,
er fendet halt gar kois, wia er grad ois mecht. –
Mer zoigt 'm en Schbitzer, d'r Märte secht „noi",
mer zoigt 'm a Benscherle, dees isch 'm z' kloi,
mer zoigt 'm en Dackel, au der baßt 'm net,
d'r Deifel woiß, was fir en Hond er gern hätt'. –
Dui Buldogg, ha, deescht do a Prachtexemplar,
der Pudel, der schwarz, der ka danza sogar,
koi Haas lauft so schnell, wia der Wendhond do schprengt,
d'r Schtoffel, sei Freind secht: „Den kaufscht obedengt!" –
D'r Märte zuckt d' Axla ond schiddelt da Kopf,
es scheint, 's isch a bisle a-n-oigener Dropf,
dia Hondla, vom kloinschta, bis ganz großa Schlag,
dia send, wia-n-er secht, eba „net noch seim Gschmack". –
Was geant sich dia Händler viel Miah mit dem Ma,
ond lobet dia Hondla ond preiset se a,
's isch älles vergeblich, potz bluescht haidesack,
er secht bei'm a jeda: „'s isch net noch mei'm Gschmack." –
Jetzt wird 's so 'm a Händler mit oimol scheint's z'bont,
er secht: „Was verschtohscht denn au du von de Hond,
du witt scheint's oin fressa, drom glaub, was e sag:
narr, 's Floisch hot bei älle da nämlicha Gschmack!"

Wia ’s em Rickele goht

Heit lauft m’r grad ’s Rickele wieder en d’ Händ,
a Johr’s fenfazwanzge han e ’s scho kennt,
zom Wäscha-n-ond Butza, johrei ond johraus,
isch komma dees weißhoorig Weible en ’s Haus. –
Scho lang kommt se nemme –, se ka, wia se mecht,
durch Alter ond Kranksei halt nemme so recht,
doch, wenn se oin sieht, no isch d’ Fraid echt ond groß,
no läßt se oin sicher so bald nemme los. –
„Griaß Gott!“ fangt se a, „aber noi, deescht a Fraid,
was machet derhoimda denn au Ihre Leit,
wia goht’s denn d’r Frau, ische ällaweil g’sond,
was machet au d’ Kender, wia goht ’s au em Hond?“ –
Se batscht ond se ratscht ond se frogt fort ond fort,
ond, wia d’ es au aschtellscht, de kommscht net zom Wort,
se macht en d’r Regel erscht no äls a Paus,
wenn selber se schpiert, ’s goht ’r Schnauferle aus. –
„Ja Rickele“, sage, „jetzt deescht aber nett,
hätt ’s net denkt, daß i heit Eich dreffa grad däht,
wia goht’s ’ch denn emmer, no g’sond ond guat’s Muat’s?“
„Ha jo!“ secht mei Rickele, „dank schee, es duaht’s,
blooß d’ Fiaß wellet nemme, dees isch a Maleer,
au d’ Auga wearnd schwächer, ond grad a so ’s G’heer,
au han e ’s em Maga ond schwach wurd mei Herz,
em Kreiz han e äll’weil so’n saudomma Schmerz. –
Da Reismateis haun e, ond dees duaht fei weh,
~~narr~~, wenn de gau alt wursch, no isch halt nex meh,

i be halt koi huiriger Haas meh firwohr,
omsonscht wure net nägschta Herbst siebezg Johr. –
Doch, so isch halt 's Leba, so goht 's uf d'r Welt,
d'r oi hot da Beitel, d'r ander hot 's Geld,
es isch wohl am beschta, mr denkt gar net dra,
so lang mr a bisle no romschäffla ka. –
Mei Ma ka zwor nemme, den plogt so sei Gicht,
au kan 'r net schnaufa –, dees ischt 'r a G'schicht, –
mei Karle fliagt d' Schtiag ra ond bricht sich da Fuaß,
dees Rendviech, dees domm, daß 'e's grad saga muaß;
mei Marie, de jengscht, hot sich d' Doba verbrennt,
am Krampfhuaschta leidet d'r Anna ihr Kend,
× mei Dochterma, wißt 'r, der gern äls oin drenkt,
der hot sich verlupft, ond hot 's Kreiz sich verrenkt. –
Mei Groβa, der Dubel, mei Babett, o mei,
dui hagelt do neilich en Wäschzuber nei,
se hot sich verbriaht, 's graust mr, denke blooß dra,
so daß dees arm Mensch nemme nahocka ka. –
Mei'm Frieder sei Kloiner, der ausg'lassa Dropf,
der kommt aus d'r Schual mit 'm Loch heit em Kopf, –
dia Lausbuaba treibet's mitonder au z' bont, –
doch ‚sonscht' semmer Gott sei Dank z'frieda ond g'sond!"

× Schwiegersohn

D’ Kirbegas*

Was ka-n-a Weib fir guate Sacha
doch kocha, siada, brägla, bacha,
nadierlich, net a jede ka’s
on mancha ischt a domma Gas,
dia net amol a Supp’ ka kocha
aus sex Pfond Oxafleisch ond Knocha!

Von dene isch fei d’ Babett koina,
denn dui kocht, wia so leicht net oina,
ond wer’s net glaubt, guck bloß ihr’n Ma
da Jockel z’ Hedelfenga-n-a.
En Bauch duaht der d’r ommer draga,
mer mecht scho beinoh „Ranza“ saga.

Scho an sei’m Bauch, do kasch’s ermessa,
was d’ Babett kocht, des ka mer essa,
drom wenig ißt d’r Jockel net,
doch dofir öfters guat und fett.
Mit oim Wort: ’s isch a guater G’niaßer,
wia en d’r Regel älle Schpiaßer.

Dui Babett woiß sein G’schmack z’ verrota
mit Flädlessupp ond Nierabrota,
au Schpätzla mit viel Oier dra,
dees schtellt des Weib em Jockel na.
Wär’s anderscht, gäng’s d’r Babett dreckich,
denn onser Jockel isch fei schleckich!

---

* = Gans

Des älles will no gar nex saga,
des braucht d'r Jockel fir sein Maga,
dia Sacha send jo guat, 's isch wohr,
doch, isch a b'sonders Fescht em Johr,
no muaß d'r Disch vor älle Denga,
an dem Dag ebbes b'sonders brenga!

So wird's au an d'r Kirbe g'halta,
do woiß d'r Jockel, daß sei Alta
a Gas schlacht't, fett ond kugelrond,
von etwa zwelf bis fufzeah Pfond.
Se duaht se emmer selber mäschta,
se woiß, so schmecket se am beschta.

Em Kriag, dees ka sich jeder denka,
muaß au d'r Jockel ei sich schränka,
em Essa –, 's isch zwor fir den Ma
es härtschte, was 'n dreffa ka.
Was Wonders, daß 'r fermlich schmachtet,
bis daß a Gas wird wieder g'schlachtet.

Ond mit Gebruddel ond mit Bromma
isch so d'r Kirbesonntich komma,
Herrschaft, wia riacht's heit guat em Haus,
d'r Jockel haltet's schier net aus. –
Des Gäsle duftet, net zom saga,
bloß will 's heit gar net zwelfe schlaga!

A Gas, so a la Friedenszeita
(Wia isch der Ma doch zom beneida!)
schtellt d' Babett vor da Jockel na:
„So, laß der's schmecka, lieber Ma!" –
D'r Jockel schtrahlt ond schpitzt da Schnabel,
langt noch 'm Messer ond d'r Gabel.

Uf oimol kommt do d' Schtroß ra g'loffa,
– da Jockel hot d'r Schlag schier droffa –,
er sieht's durch's Fenschter –, o Maleer,
Familiab'suach von Schtuegert her! – –
„Dia hent no g'fehlt", so fluacht ond schreit 'r,
„dui Saubagasch, dia Hongerleider!"

Vor Wuat nemmt 'r da ganza Plonder,
ond schiabt 'n onter d' Bettlad nonter,
ond kaum, daß 'r am Disch dra sitzt,
vor lauter Honger bloost ond schwitzt,
do klopft's –, „Herei'!" – „Ja, Griaß Gott,
Vetter" –
er denkt, hätt eich no 's Donnderwetter!

D'r Vetter, d' Basa samt fenf Kender,
(was Wonders, wenscht 'r se zom Schender?)
dia fallet 'm grad heit en 's Haus:
„Ach, Jockel, siehsch du prächtich aus,
do sieht mr glei, Ihr hent nex z'klaga" – –
er denkt – noi, i därf's doch net saga!!! –

Ond net gnuag, daß d' ganz Blos isch komma,
hent dia sogar en Hond mitg'nomma,
ond dieses Mischtviech, denket blooß,
rast grad, wie von d'r Kette los,
schmeißt älles z'ibersche ond dronter,
mit oim Satz onter d' Bettlad nonter!!

En Schroi –, mer hot, i mecht's beschwöra,
no nia oin derart schreia hera, –
schtoßt onser guater Jockel aus,
ond wird ganz grea vor Schreck ond Graus.
Sei Babett, dui ka kaum meh lalla,
i glaub, se isch en Ohnmacht g'falla!

A Scherre hert mer ond a Kratza,
a Knochakracha ond a Schmatza,
„mei Gas, mei Gas!" d'r Jockel schreit,
„zu Hilf ihr Leit, zu Hilf ihr Leit!
Uf, Babett, schpreng ond hol en Schtecka,
den schlag' e z' Tod, der muaß verrecka!"

Dui Babett, wia vom Blitz verschlaga,
– se duaht mer loid, dees muaß e saga –
rengt d' Händ ond schreit so laut se ka:
„Mei Gas, mei Gas, mei armer Ma!" –
Z'mol rutscht d'r Jockel, wia d'r Donnder,
so halbe onder d' Bettlad nonter.

Er schempft derbei vor Wuat ganz heiser –,
verdächtich brommt der Bullabeißer,
z'mol duaht's en Schroi, du liaber Gott,
der nex meh menschlichs an sich hot. –
D'r Babett hot's schier 's Herz verrissa,
jetzt hot 'r 'n gar en d' Hand nei bissa!!

O Leit, o Gas, o Hand, o Vetter,
o Bas, o Schicksal –, 's Donnderwetter,
– gell, send mer net bees, wenn e fluach –
verschlag da ganza Kirbeb'suach!!
Do freit mer sich 's ganz Johr –, endessa
wird oim sei Gas vom Hond wegg'fressa! –

Da Jockel muaß mer virre ziaga,
(alloi däht 'r da Rang net kriega)
jetzt liegt 'r auf 'm Kanapee,
ond schreit: „Was duaht mei Hand so weh,
Weib, hol da Dokter schnell, sonscht schtirb e", –
ihr liabe Leit, isch des a Kirbe!

Sei Babett hot 'n glei verbonda,
ond en der Zeit, do send verschwonda
d'r Vetter, d' Basa, d' Kender, ond –
des Lombaviech, der Oglickshond.
D'r Jockel ka sich nemme riehra,
ond duaht blooß en oi Loch nei schtiera!

Sei Babett hot ’m Muat zuag’schprocha
ond hot’s ’m fescht en d’ Hand verschprocha,
er kriag sei Gäsle oinaweg,
scho ischt d’r Jockel besser z’weg.
Doch hot ’r ällaweil no zittert,
so isch ’r wiadich ond verbittert.

Ond wia se no dia Gas hent g’nossa,
no hent se vorher d’ Dier abg’schlossa,
se hent vergessa fir dui Schtond
da Vetter, d’ Basa ond da Hond –,
doch rot ’n guat, nia meh z’ versuacha,
da Jockel ond sei Babett z’ bsuacha!

Daifeschmaus

Was sich der Guschtel so vergniagt,
daß er a Briaderle hot kriagt,
ond faschgar no de greeßer Fraid,
isch, daß mer dees tuat daufa heit.
Moi, do giebt ’s Kuacha ond giebt ’s Dorta
von älle Greeßena ond Sorta.

D'r Guschtel schtrengt sich ehrlich a,
duat em Verdilga, was 'r ka,
fillt äls sein Deller wieder frisch –,
wer woiß, wann wieder Daife isch! –
Was so a Male ka vergwalta,
dees däht mer net fir meglich halta!

Doch älles hot sei Grenz ond Ziel,
au 's Kuacha-n-essa –, z'viel isch z'viel! –
Z'mol wird d'r Guschtel kreidaweiß
ond wischt sich ab da kalta Schweiß!!
Zom guata Glick ka mer vor d' Diera
da Kerle schnell no expediera.

Da nägschta Akt, ihr liabe Leit,
verschweigt des Sängers Heflichkeit!!! – –
Bald druf legt mer den kloina Ma
ganz matt ond miad uf 's Sofa na. –
„So, dreh de om, ond schlof a Schtendle."
Secht d' Mame zu dem kloina Mändle!

Er druckt da Kopf en d' Kisse nei,
z'mol aber fallt 'm ebbes ei:
„Du, Mamele, glei ben e schtill –,
doch, was e d'r no saga will:
i mecht so arg gern no versuacha,
a Schtickle von dem Zwetschgakuacha!"

„Gottliab!“

I ka ’s net saga, wia mer halt
so arg d’r Nama „Gottliab“ g’fallt,
der hot en Klang, so wonderschee,
i woiß koin scheen’ra Nama meh,
ond duah-n-e me au no so b’senna,
mit oim Wort, do liegt älles drenna,
ond wer ’s net glaubt ond zweifelt dra,
sag’ oimol laut bloß vor sich na:
„Gottliab!“

Wia glicklich isch bei Gott a Ma,
der so-n-en Nama führa ka,
denn bei sei’m Weib, do heert ’r scho,
am ganza-n-Ausdruck ond am To,
mit dem se duaht sein Nama saga,
wia d’ Schtemmong isch, wiaviel ’s hot g’schlaga,
ob guat se g’launt isch, oder schlecht,
sobald se bloß sein Nama secht:
„Gottliab!“

Au bei d’r Liesbet z’ Kaltatal,
do isch dees grad aso d’r Fall;
wenn äls d’r Gottliab schafft d’ ganz Woch,
no lobt s’en meh wia bodahoch:
„I han en Ma, ’s isch net zom saga,
i brauch me ’s ganz Johr net z’ beklaga,

ond Räusch –, 's ganz Johr fascht hot 'r koin,
ihr liabe Leit, 's giebt halt bloß oin
Gottliab!"

Fascht gar koin Rausch em ganza Johr? –
Was soll e saga? – Jo, 's isch wohr,
doch mag 'r Mooscht ond au da Wei –,
er miaßt jo grad koi Mäurer sei.
Doch, wenn 'r aus d'r Roll duaht falla,
ond hoim kommt mit 'm a-n-Allmachtsballa,
so, daß 'r kaum meh schtanda ka,
no schreit sei Liesbet an-en-na:
„Gottliab!"

Sei Herz, dees isch d'r butterwoich,
drom macht 'r manchen domma Schtroich.
So isch 's 'm öfters scho bassiert,
daß iber d' Leffel mer 'n balbiert. –
I glaub, er däht em greeschta Lompa
ganz ruhig Hab ond Guat verpompa,
wenn ällamol net d' Liesabet
zur rechta Zeit no saga däht:
„Gottliab!"

En and'ra Fehler hot 'r au:
– er hot jo gwies a nette Frau –
(es isch a Jauner vor dem Herrn)
er sieht au and're Weiber gern. –

Wenn d' Liesabet kommt do derhenter,
no nemm de z'samma-n-alder Sender!
Do schtoht 'm 's Bluat schtill, 's wurd 'm schlecht,
sobald s'en aguckt bloß ond secht:
„Gottliab!"

I glaub, mer ruhig wetta kent,
's giebt viel no, dia so Gottliab send,
mer fendet sotte iberal,
net bloß als Mäurer z' Kaltatal.
Ond manchem von so Kamerada
däht's meiner Seel oft gar nex schada,
wenn hia ond do a Liesabet
so recht energisch saga däht:
„Gottliab!"

Worom?

Worom scheint denn d' Sonna net au bei d'r Nacht,
worom giebts koi Dierle, des heilt oder lacht,
worom isch's em Wenter denn emmer so kalt,
worom werdet d' Menscha heit nemme so alt?
worom hent denn d' Hirschla ond d' Rehla a G'weih,
worom duaht's denn blitza ond donnera derbei,
worom hent denn d' Fischla ond d' Fresch koine Hoor,
worom isch's denn oimol bloß Grischdag em Johr?
worom hent denn d' Schnecka alloi blooß a Haus,
worom sechscht denn, mir gäng d'r „Fada" net aus,
worom hot a Frau nia en Bart, blooß a Ma,
worom brennet d' Brenneßla, kommt mer dra na?
worom isch denn 's Eis gar so kalt ond d'r Schnee,
worom schteigt a Luftballo emmer en d' Heh,
worom send denn d' Blätter so grea ond net blau,
worom bellt a Hond, ond a Katz schreit miau?
Worom schreit d'r Gockel kikeriki,
worom fliaget d' Vögala ond net au i,
worom scheint d'r Mond net, wia d' Sonna voll Glanz,
worom wacklet d' Entla denn so mit 'm Schwanz?
Dees send a paar Froga, dia hot mer mei Kend
heit g'schtellt, wia mitnander schpaziera mir send,
koi Wonder, isch 's nochher em Kopf mir ganz domm,
vor lauter worom ond worom ond worom?

De erscht Uhr

's ka fir en Bua em ganza Leba,
ganz g'wieß koi greeß'ra Fraid meh geba,
als wenn 'r endlich als Präsent
sei erschta Uhr hot en de Händ! –
Da Gluschta druf, 's woiß jederma,
der fangt bekanntlich zeitig a.

Bei älle regt sich 's erscht Verlanga,
wenn se a Johr en d' Schual send ganga,
z'mol fangt do so-n-a Schlengel a,
ond schneckelt sich an d' Mueter na:
„D'r Guschtel hot a rechta-n-Uhr!"
Ond no fangt an dia Kugelfuhr!

„D'r Paul secht au, er däh net liaga,
er däh em Grischdag oina kriaga,
was moischt, was fir-n-a Fraid i hätt',
wenn i au oina kriaga däht!" –
Ond so goht's fort an oiner Tour:
„Gel Mamme, i kriag au a-n-Uhr!"

D'r Vatter wird en d' Kur no g'nomma,
wenn 'r schempfa duaht ond bromma:
er denkt net dra, domm's Zeigs, koi Schpur,
„Was braucht au so-n-a Krott a-n-Uhr?" –
Der Donnderskerle giebt net woich –,
koi Baum fallt uf da-n-erschta Schtroich!

Was so-n-a Bua em Menschaquäla
ka loischta, läßt sich net verzähla,
wer moint, daß oiner nochgä däht,
der kennt dia Donndersbuaba net.
Goht oft au Johr ond Tag dui Schuur,
z'letscht kriagt halt jeder doch sei Uhr!

Därf no a Bua se 's erschtmol draga,
isch 'r em Glück, 's ischt net zom saga,
so schtolz ond reich fiehlt sich auf Ehr,
ganz g'wieß koi Doppelmillionär. –
Sein Vatter druckt 'r halba z'dot
vor Fraid, daß 'r a-n-Uhr jetzt hot!

Ond hondert mol, 's isch gwieß net g'loga,
wird jetzt dui Uhr zur Dasch raus zoga,
moi, was der Bua en Krattel hätt',
wenn jetzt gar oiner komma däht,
ond däht 'n froga, frank ond frei,
ob er wiß, wiaviel Uhr daß 's sei?

So oft 'r au sei Uhr hot zoga,
's kommt loider neamerz om 'n z'froga –,
i, sieh-n-e so en kloina Schtrick,
(mer kennt se uf da-n-erschta Blick),
i laß 'n ganz g'wieß net vorbei,
ond frog'n, wiaviel Uhr daß 's sei! . . .

No klopft sei Herzle voll Entzicka,
no schneller, wia sei Uhr duaht ticka,
er wird ganz rot vor lauter Fraid,
vor Schtolz ond vor Verlegaheit. –
Ond trotzdem frogt sich's, ob der Kloi,
de greeßer Fraid hot von ons zwoi!

I glaub, no ärger wär 's Vergniaga,
wenn er se selber uf dirft ziaga,
so arg 'n au d'r Gluschta packt,
es isch 'm schtrengschtens ontersagt!
Am erschta Dag er widerschtoht,
am zwoita, woiß mer net, wia 's goht!

Noch drei Dag hot 'r onderdessa,
au richtig dees Verbot vergessa,
sei Vatter, narr, der guate Ma,
der denkt jo selber nemme dra. –
Z'erscht hot 'r 's ängschtlich blooß probiert,
bald aber wird 'r kuraschiert!

Voll Wißbegier ond voll Verlanga,
wird jetzt a Schrittle weiter ganga –,
jetzt isch sei Drachta ond sei Senn:
wia mag se ausseah enna drenn? –
No koine fenf Minuta druf,
do macht 'r scho da Deckel uf!

Noi, wia dia Rädla sich beweget,
ihr kennet saga, was 'r meget,
dees isch no 's ällerscheenschte dra –,
wia dees a Mensch blooß macha ka?! –
Zur Vorsicht haltet sich der Bua
ganz krampfhaft 's Maul ond d' Nasa zua!

Wenn acht Tag rom send, duaht 'r kenna
sei Uhr von ussa, wia von enna,
jetzt ische scho nex nei's 'm meh
ond – onter ons g'sagt –, ische he!
D'r Uhramacher, der se hot,
der bettet au om 's däglich Brot!

D'r Vatter hot en Krach ag'fanga
ond will scho noch 'm Schtecka langa,
doch hot 'r 'm dia Prügel g'schenkt,
worom? Er hot em Schtilla denkt,
vor vierzig Johr de nämlich Kur
hot braucht sei oigna-n-erschta Uhr!

’s verlora Paradies

Seitdem d’r Adam, ihr wern’s selber wissa,
verbotner Weis’ hot en den Äpfel bissa,
seit dera Zeit, ihr schpieret’s selber g’wieß,
isch’s Leba nemme, wia em Paradies!
Was braucht der Bobbel –, i muaß grad so saga,
mit Deifels G’walt au an dem Äpfel naga?
Schtatt, daß ’r Bira, Heckabeer ond Trauba
ond Kaschtanaza frißt –, isch ’s au zom glauba?

Jetzt saget selber, so-n-a guata Bira,
(d’ Goishirtla duah-n-i b’sonders äschtemiera)
was isch doch dees so ebbes delekats,
i kennt d’r mampfa, bis e schiergar platz.
Ond Träubla, Preschtling, Hem- ond Heidelbeera,
so Sacha, moin e, kenn mer doch verzehra,
ond henterher en Apriko, en siaßa,
noi, Äpfel hot dia G’sellschaft schtchla miaßa!!

Jetzt isch scho so, jetzt ka mer nex meh macha,
doch, wega dene ihre domme Sacha,
hent d’ Welt mir jetzt mit Lombereia voll,
ob mer denn do net wiadich werda soll? –
Was wißtet mir von Krieg ond schlechte Zeita,
an koiner Kranket briichtet d’ Menscha z’leida,
’s däht uf d’r Welt net so viel Lompa geba –
ihr Leit, dees wär bei Gott a-n-ander Leba!

Wenn 's oim net schlecht grad goht, no muaß e saga,
läßt 's Leba schliaßlich heit no sich ertraga,
doch, hosch amol grad 's Zipperle em Bei,
no schlag a siadichs Donnderwetter drei!
No soll d'r Kuckuck –, i sag's overhola,
da-n-Adam, d' Eva, d' Schlang ond d' Äpfel hola,
no därf e gar net an dia G'sellschaft denka,
i miaßt jo gradawegs sonscht z' Tod me kränka!

D' Habana

D'r Schorsch hot mer neilich a G'fälligkeit doh,
i gieb 'm derfir a Habana zom Loh,
a prima Zigarr, mit 'r a Bauchbende dra,
moi, do hot 'r gschmonzelt, so arg 'r no ka. –
„Wia hot se denn g'schmeckt?" frog'n, wia-n-en heit sieh,
z'erscht druckt 'r drom rom, secht net hott ond net hi,
no moint 'r: „Net arg, 's isch mer schlecht worda schier,
dia Bauchbende schmeckt halt so arg noch Papier!

O dees wär schee!

I, wenn e Geld gnuag hätt',
no wißt e, was e däht,
heissa juhee,
mir miaßt a Häusle her,
dees no mei oiga wär,
o, dees wär schee!

Droba-n-am Berg miaßt's sei,
mittla-n-m Sonnaschei,
mittla-n-em Klee, –
Bloama, so viel da witt,
uf jedem Fenschterbritt,
o, dees wär schee!

Do miaßt a Weible nei,
schwarzhoorig miaßt se sei,
mit weiße Zäh,
grad so, wia 's Schulza Gret,
dui, wenn me nemma däht,
o, dees wär schee!

Brächt no d'r Schtorch om 's Johr
en Bua mit Rollahoor,
schpäter no meh,
ond so derzwischa nei,
dirft's au a Maidle sei,
o, dees wär schee!

Aber, i han koi Geld,
's gibt uf d'r ganza Welt
ärmer's nex meh,
i glaub, i schtirb no dra,
's guckt me net oina a,
o, dees duaht weh!

„Em Augablick"

Herr Maier mecht schpaziera heit,
denn d' Sonn schtrahlt, 's ischt a hella Fraid,
drom secht 'r: „Thekla, ziag de a,
heit ganget mr, wo 's schee ischt, na;
doch muascht a bisle dapfer macha,
so siehscht da Hemmel selta lacha,
drom: nex, wia los, ond naus zom Haus,
i halt 's derhoimda nemme aus!"

D' Madam secht: „Ziag de du no a,
i mach so dapfer, wia-n-e ka,
em Augablick ben i parad!" –
Ond langt scho noch 'm Sonntigsschtaat. –
D'r Ma, vergniagt ond guater Denga,
– m'r heert 'n pfeifa, heert 'n senga –,
der richtet sich en äller Ruah,
ond raucht sein Schtompa no derzua.

„So, Thekla, hot sich's, bisch so weit?"
Er nieber jetzt en d' Schlofschtub schreit. –
Zur Antwort ruaft se freindlich z'rick:
„I komm, i komm, em Augablick!"
D'r Ma, geduldig, wia-n-a Schäfle,
macht gschwend em Sofaeck a Schläfle,
doch, wia-n-a halba Schtond isch rom,
no schtoht 'r uf, no isch 'm 's z' domm! –

Er bockelt na an d' Schlofschtubdier,
a bisle ogeduldig schier,
do ruaft 's: „Gang no voraus a Schtick,
i komm, i komm, – em Augablick!" –
Er goht voraus –, derweilsch do drenna,
heert m'r a Jaga-n-ond a Renna,
a Kommandiera ond a G'hoiß:
„Schpreng, Luisle, mach mei Brennscheer hoiß!"

Fenf Kloider lieget uf 'm Bett,
doch, 's richdich hot se äls no net,
's oi isch 'r z' weit, ond 's ander z' eng,
dees isch 'r z' guat ond 's ander z' greng,
ond, wia se schliaßlich ganz verdrossa,
sich doch fir 's erschte hot entschlossa,
(wenn se 's no glei au g'nomma hätt')
fatzt 'r d'r Bendel vom Korsett . . .

Kaum isch a neier Bendel dra,
hoißt 's: „Luis, schnell näh den Druckknopf na“,
dees Mädle schprengt ond macht ond duaht,
holt Nodel, Fada, Fengerhuat;
d' Madam ond 's Mädle hetzt ond dommelt,
jetzt bloos no dapfer d' Nägel g'fommelt,
ond d' Puderquascht no iber 's G'sicht,
no wär d' Madam so zemlich g'richt. –

Doch, heidenei, dees fehlt jetzt no,
„Wo han e denn mei Brosch na do?
Hot kois mei Bombonniärle ghet?
Gang, Luisle, guck g'schwend onter 's Bett,
vielleicht duascht au mein Hoorpfeil fenda,
sonscht rutscht m'r mei Frisur noch henta!“
Z'mol reißt d'r Ma am Glockaschtrick – –:
„I komm, i komm –, ‚em Augablick‘!“

Ond richdich: nemme lang 's meh goht,
d' Frau Thekla uf d'r Schtroßa schtoht,
schick, elegant, ond schtrahlt ond lacht,
ob au d'r Ma a G'sicht na macht –,
dees isch 'r weiter's gar net peinlich,
Sie ~~so~~ woiß jo, – d' Männer send halt kleinlich,
se wellet ihre Fraua schick,
doch, warta druf –, koin „Augablick“! – –

D’r Erschtgebora

Jessas, a Biable, noi, dees ischt a Fraid,
’s kennat ’s kaum fassa dia zwoi jonge Leit,
d’ Mueder, dia lächelt so selig ond warm,
haltet d’r Vatter sein Kloina-n-em Arm. –
D’ Ärmla, ond d’ Händla –, jetzt guckat doch no,
’s Göschle wahrhaftig net greeßer als so,
d’ Bäckla so dick scho, so rosig ond zart,
ond wenn ’r schreit, hot ’s a b’sondera-n-Art. –
Denkat, wenn dees erscht d’r Großvatter sieht,
machat ond schprenget ond toilet’s ’m mit;
’s isch kaum zom fassa, was Tatsach doch ischt,
daß du, klois Fraule, jetzt Müaderle bischt. –
’s Näsle ond d’ Auga, dia hot ’r von mir,
’s andere, glaub e, ischt älles von dir –
’s ischt halt a Kerle, so g’sond ond so schee,
’s giebt uf d’r Welt kaum en nettera meh. – –
D’ Basa ond d’ Tanta ond d’ Leit aus ’m Haus,
drickat bald au ihr Verwonderong aus,
„Prächtig ond goldig ond herzig ond nett“,
ond daß ’r gar so g’scheid drei gucka dät! – –
Isch ’s do a Wonder, daß iber dem Kend,
Vatter ond d’ Mueder em Hemmel schier send? –
Ond isch dees net so bei ’m Ma ond bei ’m Weib,
hent se koi Herz ond koi Liabe em Leib.

Woher?

D'r Hans, a Male von vier Johr,
dees isch a Schpitzbua, gwieß 's isch wohr,
als Racker iberal mer 'n kennt,
's ischt oiner, wia net viele send.
Sei Mueder hot ihr liabe Not,
domit se 'n recht em Zügel hot.

Do neilich isch der guate Hans
vertiaft en's Schpiela voll ond ganz,
doch, goht scheint's ebbes net wia 's sott,
z'mol heert sei Mueder, wia dia Krott
secht herzhaft, wia d'r greeschte Ma
„zom Donnderwetter!" vor sich na!

Nadierlich nemmt se 'n ens Gebett,
ond secht, daß der, wo fluacha däht,
der käm en d' Höll, dees sei a Send.
A Schand ond Schpott sei 's fir a Kend. –
Se hau-en ganz barbarisch her,
sobald se dees no oimal heer!

Wia 's d' Mueder no em Vatter secht,
schempft der nadierlich au net schlecht:
„Zom Donnderwetter", liabe Frau,
jetzt sag mer no dees oine au,
wo brengt der elend Lausbua, der,
uf oimol bloß dees Fluacha her?

„Scheen ischt die Jugend!“

Leit, was gibt's aber au fir Lagena em Leba –, Lagena, von denen mr sich's net traima lassa, daß mr iberhaupt amol en sona Lag komma kennt. – Do muaß 'ch amol verzähla, wia grondscheißlich mir 's ganga-n-ischt.

Scho als Bua han e fir mei Leba gern g'songa! – 's hoißt doch net omsonscht: „Senga, wem Gesang gegeba!“ Ond den scheena Schpruch han e mr, wia g'sagt, scho recht friah z'oiga g'macht. –

I han g'songa, trotzdem oft manche Leit –, i nemm a, se hent vom Senga en Dreck verschtanda –, behauptet hent, iber dui Frog, ob grad mir „Gesang gegeba“, sei zom mendaschta z' schtreita. – No, mr wisset jo älle aus Erfahrong, 's gibt au domme Leit, ond schliaßlich au neidige. – Zu welcher Art dia, dia mein G'sang en so abfälliger Weis' beurteilt hent, zählet, isch mr wurscht gwä –, i han g'songa, daß d' Fenschterscheiba zittert ond d' Mebel g'wackelt hent. –

Mei Mueder –, nebabei bemerkt, eine konschtverschtändige Frau obaraus, hot jo mein G'sang emmer äschtemiert, bloos oimol woiß e, wo 's 'r a bissele z' viel worda-n-ischt. – „Ottole“, hot se ganz liab zua mr g'sagt, „i bitt de om älles en d'r Welt –, halt 's Maul!“ I woiß no, i han selbichsmol grad dees scheene Liad: „Dem hat ein goldner Schtern geschtrahaalt“ g'songa –, notabene, eine Glanznommer aus mei'm Repertoar –, so daß 'r 'ch guat denka kennet, daß d'r

Wonsch meiner konschtverschtändiga Mueder mi net so ganz ruhig g'lassa hot. – „Ja, Mame, hot 's d'r denn net g'falla?" han e ganz verschrocka g'frogt. – „Ha doooch", kriag e zur Antwort. – „So drom! – Woisch was –, i seng dr no ois, deescht faschgar no scheener." Ond no han e ois g'schmettert, wia wenn e 's zahlt kriaga däht! – „Otto" (nemme Ottole), secht druf mei Mueder, „wenn d' jetzt net ufheerscht, babb e dr 's Maul zua, deescht älles, bloos nex schees gwä!"
Jetzt wisset 'r doch selber, daß jeder Kentschler druf bedacht ischt, daß 'r sich en guata Abgang sichert, daß aber dia Kritik meiner guata Mueder net grad drzua a'do gwä ischt, mein Kenschtlerehrgeiz z' befriediga, werdet 'r doch au eiseah. I han drom meiner Mueder erklärt: „Wenn dees net schee gwä ischt, no seng e halt 's ander no amol. Dees dr vorich so guat g'falla hot." – Ond no han e no amol da „gold'na Schtern" schtrahla lassa, daß a-n-Art ghet hot. Vor lauter Begoischterong han e gar net g'merkt, daß mei Mueder so lang zu meiner Danta en 's Nochberhaus nieber ischt, bis der „gold'ne Schtern" hot ausg'schtrahlt ghet. – I woiß nemme recht, aber i glaub, wia se no hoim komma-n-ischt, han 'n no amol schtrahla lassa. – D' Liabe zom G'sang ond d' Luscht am Senga ischt mr meiner Lebdag blieba –, en achtzeah G'sangverei han e en schpätere Johra mitg'songa –, en a paar erschta Tenor, bei dene, wo 's an de Bäß g'schpannt hot, han e Baß, – ond derzwischa nei au zwoita Tenor g'songa. –

Uf wia manchem Sängerfescht semmer gwä, ond wia oft semmer mit ama Preis hoimzoga, den mr, ohne me z' brüschta, gwies net kriagt hättet, wenn i net mitg'songa hätt. – Om was de andre scheener, om dees han i lauter g'songa. –

Hia ond do hemmer au koin Preis kriagt, daß aber en sotte Fäll dia Herra Preisrichter ausg'machte Lalle gwä send, die vom Senga en Dreck verschtanda hent, dees hemmer ällamol am Schluß von dene edle Wettschtreit, en daused ond elf Wariazionana, oischtemmich feschtg'schtellt. – Älle, die Ihr scho amal mit Eirem G'sangverei bei dr Preisverdoilong neba nonter g'schnappt send, werdet 's mr nochfiehla, wenn e sag, daß oim so-n-a Schlag iber älle Maaßa hart drifft. – Aber, kennt Ihr Eich a Vorschtellong dervo macha, wia mir's z' Muat gwä ischt, wia-n-i amol, schlag me 's Blechle, fir mei Senga g'schtroft, polezeilich g'schtroft worda be? – Om blanke drei Mark!! Om, sage ond schreibe, en Dahler!! –

Ha no, jetzt send no so guat –, mr ka emma Menscha jo scho ebbes a'do, aber en Senger, der en achtzeah G'sangverei erschta, zwoita ond dritta Tenor, ond derzua no Baß sengt, der am gleicha Dag uf 'm Sängerfescht en Massabachhausa da zwoita Ehrapreis, einen Prachtshompa, mit raus g'songa hot, polezeilich om drei Mark z' schtrofa, weil 'r uf 'm Hoimweg no a bissele vor sich na g'songa hot –, dees goht doch iber 's Bohnaliadle!

„Scheen ischt die Jugend –, sie kommt nicht mehr!"

han e g'songa. – I woiß no, 's ischt a prächtiga Nacht gwä, dr Hemmel so schternaklar, was e, wenn e will ehrlich sei, von mei'm domoliga Zuaschtand net grad behaupta mecht. –

Grad, wia-n-e „noch einmal" han saga wella: „Scheen sein's die Jugendjah – ('s r isch mr em Hals schtecka blieba), schtoht, wia aus 'm Boda raus gwaxa, a Polezischt vor mr!! – Grad so han e mr's domols gwenscht, wia me a paar so Briader amol nachts uf 'm Hoimweg donndermäßig verschlaga hent. – Do han e aber koin gseah!! –

„Wia hoißen Sie?" – „O–Otto Keller." – „Geboren?" – „Ja!" – Wann und wo, wia groß ond wia schwer ond ob e mit Erfolg g'empft sei, ob e Heahnerauga oder Plattfiaß häb, wo-n-e wohna däht, mei Kragaweite, mein Bruschtomfang ond mei Handschuahnommer, ond, dr liabe Hemmel woiß, was 'r hot no älles wissa wella. –

Nochdem e no de gleiche Agaba, en Bezug auf mein verschtorbena Vatter, ond uf meine boiderseitige Großeltra g'macht ghet han, han e hoim dirfa. – Mir hent d'Knia gschlotteret, ihr Leit, so hot mi dees Verheer mitgnomma, – nachts om halber drei! – Scheen isch die Jugend! . . . Richtich, noch a Dager acht, kommt a Schtrofzettel!

„Sie haben, nach den Angaben des Schutzmanns Riebele, in der Nacht vom 3. auf den 4. Juli 1898, 2 Uhr 20 Minuten vormittags, durch lautes Gröhlen auf der Straße, ruhestörenden Lärm verübt usw." – „Sie werden zu einer Geldstrafe von Mk. 3.–, in Worten: drei Mark, im Nichteinbringungsfalle zu einer Haftstrafe von einem Tag verurteilt!" – Jetzt wird 's recht! – Do schlag doch au a lahmer Esel dreinei! – Durch „Gröhlen" ruhestörenden Lärm verübt!! Kennet 'r do au meh! Was gibt's aber au fir Menscha-n-uf dr Welt! I, der i grad von Massabachhausa komm, ond em hehera Konschtg'sang da zwoita Ehrapreis, einen Prachtshompa, mit raus g'songa han –, i, der i en achtzeah G'sangverei da-n-erschta, zwoita, dritta ond vierta Tenor, ond derzua no Baß seng –, rueschtörenda Lärm verübt!! – Deeścht a bisle z' viel! – Liabe Leit, 's hot lang dauert, bis i dia Kränkong meiner Kenschtlerehr iberwonda ghet han. – Meine Sangesbriader send mit mr älle dodrenn oinig gwä, daß sämtliche Preisrichter uf dene Sängerfeschter, wo mr koin Preis g'holt hent, wahre Koryphäa gwä send, em Vergleich zu dem Butze, der mi ufg'schrieba hot. –

Aber: 's scheenscht kommt no!!

Daß i mi net han entschliaßa kenna, diesem Konschtbanausa durch Zahlong von dene drei Mark quasi Recht z' gä, werdet 'r begreifa –, i han's verschoba, von oim Dag uf da-n-andera.

Uf oimol, am a scheena Dag, kriag i en Allmachtszettel, – mi hot schier koi Fuaß meh draga! – „Sie haben sich zum Antritt Ihrer Haftstrafe von einem Tag, am Montag, den 6. August, vormittags 7 Uhr, in reingewaschenem Zustand im Polizeigefängnis,

Büchsenstraße, zu melden.“ – Jetzt isch ganga! O liaber Gott, o liaber Gott!! – Ja, ond jetzt? – I ka nemme . . .
I sag ’ch, i be schier en Boda g’sonka! – Muaß i, der i meiner Lebdag nex mit d’r Polezei ond mit ’m G’richt z’ dohnt ghet han, en Arrescht! – Aber nei, aber nei!! I be romg’loffa, wia-n-a halblebiga Leich! Ond g’schämt han e me, g’schämt, i ka ’s gar net saga, wia arg. – Nadierlich han e koim Menscha ebbes dervo verzählt, was mi fir a-n-Oglick droffa hot. – Ond ausg’seah han e, ausg’seah, meine Freind hent älle gmoint, i häb da Wochadippel oder da Typhus. – G’schlofa han e schier gar nemme, ond dui Nacht uf da Montag han e iberhaupt koi Aug zuadoh –, om halber viere ben e ufg’schtanda, domit e jo net z’ schpät komm. – Wia-n-i no do nuf komm, ond mi zom Atritt meiner Schtrof melda will, schtoht mei alter Freind ond Sangesbruader, d’r Polezeiwachtmoischter Hurgele, vor mr, ond secht: „Was witt denn du scho en äller Hergottsfriah do?“ – Dem han e mit zitternder Schtemm mei Herz ausg’schittet, – – do druf hot der sich ausg’schittet, – vor Lacha! . . .
„Ja, du G’waltsdackel, du siadicher“, secht ’r, „worom zahlscht denn den Dahler net?“ – I muaß guckt han, wia-n-a Dommer. – „Ja, ka-n-e denn dees jetzt no?“ – „I han gmoit, wenn dui Geldschtrof amol en a Haftschtrof omgwandelt sei, no sei nex meh dra z’ macha –, no miaß mr halt bromma!“ – „A was“, secht d’r Hurgele, „do wartscht bis om achte, no

gohscht nom en 's Zemmer 26, ond blechscht dein Dahler, no isch dui G'schicht en d'r Roih!" –
Wenn mir amol oiner g'sagt hätt, daß i amol em a Polezeiwachtmoischter en Kuß gä däht, hätt 'n fir narret erklärt –, aber d'r Hurgele hot oin kriagt. – Daß e da Hurgele mitsamt seiner ganza Wachmannschaft zom a Fäßle Bier eig'lada han, isch so selbschtverschtändlich, daß e 's eigetlich gar net extra erwähna sott!
A saugemiadlicher Obed isch 's erschtno worda –, ond g'songa hemmer, wia d' Schtora: „Scheen ischt die Jugend, sie kommt nicht mehr!" ...

Galantrie

Wenn i mer heitichsdags onsere Herra Buaba-n-aguck, dia onter zeah Fäll achtmol net seahnt, wia-n-a alda Frau oder a gichtbrüchiger Herr uf d'r Schtroßabah da ganza Weg müahsam schtehe muaß, während sia selber em Waga drenn hocket ond hochwissaschaftliche G'schprächer führet, zom Beischpiel wo mer no a-n-„aschtändicha" Zigarett kriag, ond daß de blond Berta vom Kathrenaschtift a domma Gas sei, dergega de schwarz Edith a dodschicker Käfer sei, dia a paar Auga häb, daß oim's ganz hoiß werd, wenn se oin bloß aguck ond so, – no fallt mer emmer mei oigena Juged ei! Heilichs Blechle no amol, mir send andere Kerle gwä! Mir hent onsra Ritterlichkeit gega erwachsene Leit em allgemeina, gega Dama em bsondra, ond gega jonge Dama em ganz bsondra, no uf ganz andere Artena bewiesa, als daß mer bloß ara äldera Reschpektsperso uf d'r Schtroßaboh onsern Platz überlassa hättet! Überhaupt Schtroßabah! Liabe Leit ond liabe Zeit! Narr, gloffa isch mer sei Sach! Wenn i meiner Mueder amol a Zehnerle han abbettla wella für d' Schtroßabah, wenn e han uf oim Weg zwoi Ausgängla macha müaßa, 's oi noch d'r kloina Schweiz, 's ander en 's Poschtdörfle, no hot's ghoißa: „Du hoscht jonge Füaß, – lauf dei Sach!" No han e, wenn's pressiert hot, mein Roif mitg'nomma ond be losgroifelt, ond wenn's net so arg pressiert hot, han e meine Schtelza g'nomma, ond be losgschtelzt, ond be au ans Ziel komma, moischtens no bälder wiä d' Pferdsbah. – Jo, i ka faschtgar saga, i han em ganza Johr bloß dreimol Schtroßabah, des hoißt „Pferdsbah" fahra dürfa, ond des ischt an dene drei Volksfeschtdäg gwä uf'm Hoimweg! Do hot's nex koscht! Do isch d'r Waga ällamol so voll gwä, daß d'r Schaffner hot koine Billjettla meh verkaufa kenna, ond uf dia drei Fahrtana han e me ällamol scho 's ganz Johr gfreut. – Moischdens ben e ällamol glei bis an d' Endschtazio noch Häslich mitgfahra, ond be nochher hoimgloffa. – Mer hot jo ällerdengs wia mer en Cannschtatt an d'r Bruck eigschtiega-n-ischt, net g'wißt, ob mer Schtuagert no läbich sieht, oder ob mer am Neckerdor bereits doddruckt gwä isch, – aber wia gsagt, i han mer des Vergnüaga, des hoißt nadierlich des Vergnüaga vom Pferdsbahfahra, net entgeha lassa. – Wenn net a Rollfuhrma vom Paul von Maur, der ällamol am a Nochberhaus abglada hot, mi hia ond da a Schtück weit hätt' nufsitza lassa, no wär e sonscht 's ganz Johr net derzua komma, amol fahra z'dürfet! –

Jaso, i han jo ebbes ganz anders verzähla wella, von Galantrie ond Ritterlichkeit ond so! – Scho wo-n-e no a kloiner Kerle gwä ben, hent d' Leit scho vo mer gsagt, i sei a höflichs ond zuvorkommends Mändle gwä, – net, daß e renommiera wellt, dees brauchet 'r fei net vo mer z' denka! – Aber wia-n-e amol a Johres zwölfe alt gwä ben, no han e d' Ritterlichkeit als de erscht Pflicht für en agehenda jonga Herra agseha, der Aussicht hot, en zwoi Johr lange Hosa traga z' dürfa. – Ond daß e den Schtandponkt onter de schwierigschte Omständ hochghalta han, des will e am a oizicha, aber nex deschto wenicher beweiskräfticha Beischpiel verzähla! – Wia älle richdiche Buaba ben e em Wenter uf'm Feiersee gern Schlittschua gloffa. – M'r sott's net glaube, daß d' Schuelaufgaba ond genschtiche Eisverhältnis en irgend welche Beziehonga zua-n-ander schteh kenntet, ond doch isch's so. – Sonscht hot's mei Mueder äls net verleba kenna, bis dia Hausaufgaba fertich gwä send, hauptsächlich wenn a Gschäftle für me en Aussicht gwä isch, uf des e grad net so arg scharf gwä ben. Wenn's aber zeah, fufzeah Grad Kälte ghet hot, ond mer hot uf'm Feier-

see Schlittschuah laufa kenna, no ben e om halberzwoi fix ond fertich gwä! Hia ond da han e au „nex ufghet!"
Kurz ond guat, d' Eiszeit isch fir mi 's högschte gwä. – Uf'm Feiersee hot's ällamol für d' Kender fenf Pfenneng koscht. Des isch für d' Zeit von mittags bis zom Donkelwerda net gradviel gwä. – No isch aber hia ond do au Musik gwä, – net grad schee, weil de Trombeter ihre Enschtrumenter äls an d' Lippa nagfrora send, aber da guata Willa hot mer oinaweg gseah! No hot's aber für de Große fufzich ond für d' Kender fenfazwanzich Pfenneng koscht! Daß an solche Däg bloß „bessers" Publikom uf'm Feiersee gwä isch, dia an fufzich, reschpektive fenfazwanzich Pfenneng net hent nazgucka braucha, isch nadierlich. – Zom „bessera" Publikom han e me au zählt, aber fenfazwanzich Pfenneng han e net ghet. – Ond oimol wär e halt au für mei Leba gern noch'm Takt von d'r Musik Schlittschuah g'loffa! Bloß oimol! Aber net alloi, sondern mit avec!!!
Em Nochberhaus hot a Schneider gwohnt, ond der hot a Döchterle ghet, so alt wia-n-i, Emmale hot's ghoißa, a herzichs netts Deng mit a ma blonda Wuschelkopf. Bäckla wia d' Rösla, ond zwoi Auga-n-em Kopf, blau wia d' Veigela. Schlittschuah hot's laufa kenna, no besser wia-n-i! – Ond i han's kenna! Ond des Emmale hätt e halt gar z'gern mitgnomma! Aber, aber! Fenfazwanzich Pfenneng für ois, fufzich Pfenneng für ons boide!!

Vierzich han e ghet! Dia han e scho gerauma Zeit en mein Sackduachzipfel neibonda ghet. I han mer wella 's Geld zom a Fahrrad zamaschpara, dia domols en de achtzger Johra en Schwong komma send, – Veloziped hat mer's domols ghoißa. 480 Mark hot ois koschtet, i han scho gfrogt ghet! Ond dia vierzich Pfenneng send d'r Afang gwä. – Ha no, han e denkt, no kaufscht halt dei Fahrrad a bisle schpäter!

Aber zom Kuckuck noamol, vierzich Pfenneng send emmer no koine fufzich!

Aber, i han en Ausweg gfonda, ond dees koin domma! „Emmale", han e zu meiner Freinde gsagt, „am Samschtich Nochmittag isch Musik uf'm Feiersee, – do ganget mer na!" 's Emmale hot sich dees net zwoimal saga lassa. – Am Samschtich han e mer von meiner Mueder fenf Pfenneng fir „ufs Eis" gä lassa, – dia guat Frau hot jo koi Ahnong ghet, daß heit uf'm Feiersee ebbes bsonders los gwä isch. – Jetzt han e also fenfavierzich Pfenneng ghet, – jetzt los amol, – 's wird sich no scho zeiga, was werda will!

I han me, weil heit doch bloß „bessers" Publikom uf'm Feiersee gwä isch, a bißle extra herg'richt! Erschtens han e mei'm groBa Bruader a Pärle Manschetta ausgschpannt. – Des hot fei nobel ausgseah! Wenn e no au a Paar andere Händschich ghet hätt. Se wäret jo eigetlich scho recht gwä, 's send a Paar braune, wollene, gschtrickte gwä, aber da kloina ond da Zoigfenger han e nausborzt ghet, so daß mer's hot nemme flicka kenna, ond do hot mei Mueder zwoi neue

Fenger nagschtrickt. – Schad, daß se grad net de gleich Wolla ghet hot, kurz, i han am rechta Händschich drei braune ond zwoi a bißle guat hellere Fenger ghet. Des hot a bißle domm ausgseah, aber mei Mueder hot g'sagt, d' Hauptsach sei, daß se ganz seiet ond warm gebet. Na, i han halt da kloina ond da Zoigfenger krampfhaft zwischa d' Weschtaknepf neigschoba, 's isch jo a bißle obequem gwä, aber so hot's koi Mensch gseah, – net amol 's Emmale! – Ond gloffa bene ufrecht ond grad wia-n-a Gardeoffizier, ond zwor, domit mer mei Kittele a bißle weiter hentanonter ganga-n-ischt. – So hot mer nemlich mein anderschtfarbicha Blätz en mei'm Hosaboda net g'seah! Kurz, d'r Fitzer isch fertich gwä! – So semmer also an Feiersee komma! Uf oimol sag e mit älle Zoicha d'r Beschtürzong: „Emmale, sag e, jetzt han e aus Verseha da Glasdieraschlüssel mit, – den muaß e obedengt gschwend hoim do, sonscht suacht 'n mei Mueder! Woischt was, Emmale, i lös der 's Billjet, du gohscht so lang nei, bis e wieder komm!" I hätt selber net glaubt, daß i so moischterhaft schwendla könnt! 's Emmale isch glei dermit eiverschtanda gwä, ond i han „mit d'r lenka Hand" fenfazwanzich Pfenneng uff's Brett glegt, mit ama Blick, wia wenn e hätt saga wella: „Ja was, bloß fenfazwanzich Pfenneng koscht's! I han gmoit, a Mark!" – Jetzt isch also 's Emmale drenn gwä, ond i be nieber en d' Hermannschtroß ond han m'r uf 'r a Hausschtaffel amol d' Schlittschuah agschnallt, ond han so etwa zeah Minuta dra romgnottelt!

Als zwoites han e mei Kapp onter mei Wammes nonter doh, ond no ben e an ’s entlegenschte Eckele vom Feiersee, ond ois, zwoi, drei hoppla ben e überm Gländer gwä, ond han me sofort onter’s „bessere Publikom“ gmischt; ond no han e erscht mei Käpple wieder ufgsetzt, dermit me neamerts kenna soll!
Noch fenf Minuta han e ’s Emmale scho ghet, dia me ganz verwondert gfrogt hot: „Ja, bisch denn scho wieder do?“ – „Ha freile, Emmale, i be fei anderscht g’sätzt, sag e, i suach de scho lang!“
Ond no semmer gfahra, en Glück ond en Fraid, als ob d’ ganz Kapell bloß für ons schpiela dät. Nochdem mer so a paar Schtond gfahra gwä send, hot sich nadierlich durch dia gsond Bewegong a Mordshonger eingschtellt. Mei Maga hot knurrt, daß mer’s hot höra kenna, ond daß ’s em Emmale grad so ganga-n-isch, hot se mer selber gsagt. – Jetzt isch do uf’m Eis a Beck gschtanda, der hot „Berliner“ verkauft, gfüllte notabene, dia hent duftet, daß mer’s vor Gluschta schier nemme ausghalta hot. Zu dem semmer na! D’r Vorsicht halber han e amol oin verlangt! Koschtet? „Zwanzich Pfenneng!“ Ohne mi z’verfärba, ja ohne mit ’ra Wemper z’zucka, zahl e ’n ond gib e ’n em Emmale! „Ja, ischt du denn koin?“ frogt se me. – „I? noi, bewahre, – i kan hoin Appetit!“ isch mei Antwort gwä!!! – – – Des hoißt mer Galantrie, Ihr Herra Buaba!

Inhaltsverzeichnis